Conception et réalisation de la couverture par Reflex Diffusion

Francis Lepioufle

# Voyage au pays des secrets

Editions La Roche de Muzon

ISBN : 978-2-9535728-5-8

A

Josefine,
Adèle,
Marthe,

Mes petits-enfants

# 1

## Janvier, février 2016
## Partir ?

Jérémie, âgé de dix-sept ans, vivait à Istanbul, avec sa mère Myriam et son grand-père, dans un quartier un peu chic. Cette ville, il la voyait vivre avec des yeux d'adolescent, elle était devenue la sienne. Il y avait ses amis, ses loisirs ; il s'y sentait bien. Etait-il patriote ? Peut-être pas, mais parfois, les discussions entre sa mère et son grand-père lui paraissaient d'un autre monde et même d'un autre temps ; il s'imaginait qu'il en allait ainsi pour tous les parents et les grands-parents ! Toujours le passé ! Leur jeunesse était bien loin et leur vie bien entamée, alors c'était presque normal qu'ils les ressassent ! Le jeune homme commençait aussi à dessiner des projets de vie professionnelle et même à dissimuler une vie intime aux yeux toujours un peu inquisiteurs de sa mère. Il se répétait bien souvent : « ma vie est ici, à Istanbul et aujourd'hui dans ce quartier que j'aime ! ». De temps à autre, il prenait tout de même conscience, à force de discussions répétées et nostalgiques de sa famille que son parcours n'avait tenu qu'à un fil : à l'audace de ses aînés.

Tout allait basculer en ces journées hivernales.

Sa mère qui exerçait la profession de guide à Istanbul depuis quelques années déjà, venait de quitter un groupe de touristes. Elle avait prévu d'aller faire quelques courses.

Au centre commercial Demiroen, à trois cents mètres de la place Taksim, Myriam emplissait tranquillement son panier depuis une demi-heure. Alors qu'elle observait le rayon des laitages, une explosion la projeta contre un rayon voisin. Elle tressaillit quelques minutes, les genoux à terre, les coudes au sol. Le paquet de yaourt qu'elle venait de saisir dans la vitrine réfrigérée s'était écrasé contre le mur, projetant le liquide blanc sur les autres clients tout proches. Personne n'avait remarqué les bavures, tous les regards étaient figés vers la sortie. Que se passait-il encore ? Fallait-il sortir ? Fallait-il rester terré là en attendant la suite des événements ? Les habitants du quartier venus faire leurs courses s'éparpillaient dans tous les sens, cherchant une issue à la panique générale. Un hélicoptère se faisait déjà entendre, les hauts parleurs résonnaient, les moteurs vrombissaient, les sifflets distribuaient déjà des ordres sans paroles. Etait-ce encore un attentat comme celui du dix-sept février dernier quand une voiture piégée avait explosé au passage d'un minibus transportant des personnels de l'armée de l'air ?

Myriam regrettait bien les années calmes d'Istanbul. Elle avait toujours craint la montée des religieux ; c'est un oncle général dans l'armée turque qui avait permis à sa restreinte famille de rentrer dans le pays. A cette époque, on vantait encore la main de fer des généraux : elle avait, au moins provoqué la laïcisation du pays, l'amélioration du statut des femmes, affirmait-elle. En quelques années, Myriam avait vu réapparaître le voile simple puis intégral. Elle manifestait son désaccord et mettait même en garde les touristes étrangers devant la montée non pas de l'Islam mais des islamistes dans leurs propres pays. « La religion, c'est un bon secours personnel mais que ce secours reste dans la sphère privée ; qu'il ne vienne pas imposer sa loi dans la rue, au grand Dieu non ! » Elle avait vu ce que cela donnait au point de fuir.

Ce jour-là, cette nouvelle détonation marquait la fin d'un beau séjour. Faudrait-il partir, fuir à nouveau pour ne pas être sous le joug de la terreur, sous le joug des idées obscurantistes qui germaient à chaque carrefour.

C'était un carnage, une fois de plus. Des corps gisaient à terre. Un kamikaze était certainement, encore, à l'origine du bain de sang. Au bout d'un quart d'heure, elle sortit avec hésitation et prudence. Elle en avait vu d'autres ; une bombe peut en cacher une autre ! Elle qui se maîtrisait si bien, cette fois, elle s'emballait. Il fallait rentrer ! Toute tremblante, elle passa les barrages et rejoignit son appartement. Quelle issue à cela ? Se cacher ? Ce serait, alors, se soumettre aux bombes, limiter ses déplacements, ses sorties, vivre par procuration en somme !

Partir, mais où ? Elle avait déjà fui. Partir, ce serait tout quitter à nouveau, ses amis, son métier ! Elle avait obtenu la nationalité turque bien avant l'arrivée au pouvoir d'Erdogan. Une nationalité qui maintenant la mettait bien mal à l'aise. Non pas que son travail ne l'intéressait pas, oh non ; elle était en permanence en contact avec les groupes de touristes étrangers et cela lui donnait une ouverture sur le monde.

Sur le chemin du retour à l'appartement, toute l'actualité défilait dans sa tête : Myriam aurait pu être sur les chemins des réfugiés mais son père avait décidé un jour de quitter la Syrie bien avant les printemps arabes, bien avant le conflit meurtrier. Il avait encouragé sa fille et son petit-fils Jérémie alors âgé de quatre ans à le suivre. Ils avaient connu l'insécurité et avaient préféré partir à temps, plutôt que subir. Leur clairvoyance avait été récompensée. Myriam et son père ne pouvaient donc pas condamner leurs propres frères de patrie.

Pour Jérémie, la fuite n'évoquait pas grand-chose ! A vrai dire, le mot partir n'avait aucun sens ! Combien de fois n'avait-il pas dit : le bonheur ici, à Istanbul, est à portée de main ! Il voyait son grand-père s'épanouir en exerçant la médecine. Sa mère semblait heureuse comme guide internationale auprès d'agences travaillant avec la France, l'Espagne et le Portugal principalement ; sa connaissance du français, de l'espagnol et de l'anglais avaient facilité son embauche. Jérémie, lui, achevait brillamment son parcours au lycée. Tout semblait bien se passer. Ce n'était pas merveilleux mais... ! Il écoutait tout de même avec circonspection les questions et les angoisses de sa famille : il voyait parfois sa mère et son grand-père se figer devant l'écran de télévision ou réagir avec colère quand ils voyaient leurs compatriotes s'étirer en longues files sur les routes de l'exil. « Et tout le monde pense qu'ils partent pour leur bon plaisir ! Mais ils laissent tout derrière eux ! »

Au fil des jours, Jérémie devenait de plus en plus sensible aux migrants qui approchaient de l'Europe en hordes silencieuses, avides de goûter à la liberté. Voyait-il l'incapacité des Etats de l'Union Européenne à surmonter la crise ? Oui certainement, mais l'Europe était loin et il n'avait pas, de par son histoire, cette mémoire collective des peuples qui en ont vu d'autres envahir leur territoire ; il n'avait donc pas cette peur ancestrale d'autrui.

En ce vingt-sept février, Jérémie avait vu sa mère se mettre véritablement en colère : les ministres d'Europe venaient encore de réitérer leur volonté de trouver des solutions aux migrants mais les pays d'Europe centrale avaient, pour toute réponse, déjà commencé la construction de murs :

— « Adieu la coopération ! Le sentiment national et la sécurité de l'entre-soi sont à nouveau gravés en filigrane dans les consciences ! C'est la fin de tout ! » avait-elle presque hurlé.

Pourquoi la fin ? Et de tout, se questionnait Jérémie. Elle semblait exagérer la situation...Que signifiait ce « tout » ? Ce ne pouvait être une réponse uniquement civique ; Jérémie connaissait un peu sa mère tout de même ; elle savait être mesurée habituellement mais cette fois, la colère lui venait des tripes ; elle avait réagi de tout son être, comme si…, comme si, oui, comme si on l'avait écorchée, comme si on avait tenté de l'amputer de quelque chose de vital ! Voilà que sa mère montrait un autre visage qu'il ne connaissait pas ! Cela cachait quelque chose ! Une blessure presque inguérissable, pas une plaie exsudative mais une plaie toute intérieure, fibrineuse, un abcès dont on ne devine pas la gravité si on ne regarde que la peau en surface. C'était certain, pensa Jérémie, on lui cachait bien des secrets ; quand allait-on lui donner quelques indices ? Il avait dix-sept ans tout de même ! Il se sentait bien dans sa famille et pourtant il se savait étranger à bien des choses.

— Et maintenant, la Grèce au banc des accusés ! Thomas de Maizière, le ministre allemand de l'intérieur vient de prendre la défense d'Athènes. Les hots spots ! Les hots spots, ces fameux centres d'enregistrements ! Ils partiront, ces migrants s'ils doivent partir ! Et rien ne les en empêchera ! criait-elle.

— « Les portes s'ouvrent par la force des choses quand le nombre fait loi », répétait inlassablement le médecin.

— « On n'empêchera pas les hommes de circuler ou alors,…alors, il faudrait être avisé de déguerpir avant que ce régime ne devienne une dictature ! »

Jérémie entendait ces paroles. Il avait bien vu que la population allemande avait manifesté son rejet à l'accueil de réfugiés après des exactions de quelques-uns. Mais les mots prirent un autre sens lorsqu'il entendit une conversation entre son grand-père et sa mère, un soir, alors que sa famille le pensait absent :

— Et alors, « nous », dans tout cela, je crois que « nous » irons de surprise en surprise, malheureusement ! Il faudra peut-être partir, oui, il faudra l'envisager ! Je le crains !»

Ce « nous » prononcé par son grand-père était venu l'interroger. C'était peut-être un « nous » pour s'assimiler aux réfugiés, aux compatriotes alors ! Mais maintenant, ils étaient turcs, avait pensé le jeune homme, oui turc d'Istanbul et il le répétait avec fierté à ses camarades. Pourtant, ils avaient bien dit « partir » ?

# 2

Au moment de l'attentat, Jérémie suivait avec attention les cours du lycée. Les professeurs mirent les élèves au courant des événements et les invitèrent à la plus grande sagacité. En fin d'après-midi, Jérémie se dirigea vers la piscine comme d'habitude pour suivre ses entraînements en vue des compétitions futures. Il ne vit donc pas sa mère entrer dans l'appartement après l'attentat.

Elle était encore abasourdie. Elle aurait bien voulu échanger avec son père mais celui-ci était mobilisé par les soins à apporter aux blessés du magasin et de la rue adjacente. Elle se prépara un thé. Elle voulait absolument reprendre ses esprits avant l'arrivée de son fils : ne pas montrer son désarroi, mais encore le protéger comme elle l'avait fait durant bien des années.

C'est l'entrée, pourtant silencieuse, de Jérémie, dans l'appartement, qui la réveilla véritablement de ses songes. Elle fit alors semblant de lire. Le jeune garçon brun, au teint mat mais aux joues rougies par l'effort, revenait de sa séance de natation sportive. L'entraîneur était venu à la fin de la séance d'entraînement, parler des attentats aux nageurs, les tranquilliser et leur demander de rentrer immédiatement chez eux sans faire de détour, sans s'attarder en chemin.

Jérémie avait beau n'avoir que dix-sept ans, il possédait cette maturité qui permet d'aller au fond des choses. Etait-ce la détermination de sa mère qui l'avait ainsi forgé ? Etait-ce l'histoire ? Il n'avait que de vagues souvenirs de son arrivée en Turquie. Sa mère lui avait parlé de son ancien pays mais la scolarité en primaire puis au collège avait fait de lui un élève turc bien appliqué et assez brillant au point d'apprendre trois langues en plus du turc qu'il maîtrisait comme langue presque maternelle. Sa mère l'avait encouragé à connaître l'anglais bien sûr mais aussi le français et l'espagnol. Pourquoi l'espagnol, questionnait-il de temps à autre : sa mère parlait ces trois langues alors elle répétait qu'elle pourrait l'aider à l'occasion dans ses apprentissages.

Au début du collège, Jérémie tenta bien de n'en apprendre que deux et essaya même de moins travailler que d'autres élèves. Sa mère lui laissa un mois pour s'organiser mais devant le début de désinvolture de son jeune fils, elle posa tout de suite ses exigences :

— Il faut avoir des connaissances pour te débrouiller partout, car on ne sait pas où on sera, mon Dieu, dans un an, au train où vont les choses, où tu seras dans dix ans, alors crois-moi, c'est toi qui fais ton destin, Jérémie, tu comprends ?

— Pourquoi dis-tu mon Dieu, qu'est-ce que les dieux ont à voir avec ça, maman ? lui avait demandé Jérémie alors âgé de dix ans.

— C'est tout toi, ça, Jérémie ! Jérémie ! Te voilà encore avec ces questions, attends encore un peu, je te le promets, tu en sauras davantage ! On en reparlera plus tard ! lui avait-elle répondu.

Ce soir-là, tout en humant et en savourant l'omelette que sa mère lui avait préparée, Jérémie réentendit ces paroles. Il observa sa mère à la dérobée : à n'en pas douter, elle était soucieuse et cachait quelque chose. Ce n'était pas son travail ; elle le réalisait en s'épanouissant. Alors ? L'attentat ? Mais il y en avait eu plusieurs et Jérémie n'avait jamais vu sa mère si pensive. Il l'avait vue une fois très révoltée puis déprimée. Jérémie s'en souvenait à présent ! C'était à cause de Hassan, l'ami de sa mère, réfugié syrien lui aussi. Jérémie l'avait connu très ouvert, facétieux même et l'avait donc fortement apprécié.

Tout s'était merveilleusement déroulé pendant plusieurs années. Hassan exerçait la profession d'ingénieur de travaux publics. Il gagnait bien sa vie, il aimait beaucoup le cinéma, les promenades autour du Bosphore. Il emmenait Jérémie flâner sous la lumière de la nuit, il partageait avec lui les promenades vers la mer qui scintillait, il lui faisait observer les navettes en partance, sentir le gasoil des bateaux navettes… La vie commune se déroulait aussi en partage des tâches au quotidien.

Cela, c'était l'an passé, et tout paraissait bien loin. Hassan qui avait fait des études à Paris attendait avec impatience, mais en vain, les premières négociations pour une entrée dans l'Europe. Jérémie ne savait plus comment avait débuté une conversation avec sa mère mais elle s'était envenimée rapidement ; le dialogue n'en était plus un, car chacun campait sur des positions et commençait à affirmer des choses que l'autre n'était pas prêt à entendre. « Si l'Europe ne veut pas de la Turquie, alors la Turquie pourra lui rendre ce rejet au centuple ! » avait proféré Hassan. Jérémie n'en croyait pas ses oreilles. Sa mère était pacifique, Hassan le devenait nettement moins. Elle voulait lui répondre et argumenter mais il s'était mué en combattant féroce d'une cause extrémiste. Au fil des jours, la transformation prenait de l'ampleur et les différends se faisaient entendre. Bien souvent, Jérémie s'enfermait dans sa chambre pour prendre de la distance et ne pas gêner sa mère, mais il écoutait et voyait le conflit s'installer, les querelles se succéder, les prises de position devenir de plus en plus radicales. Il voulait soutenir sa mère bien sûr, mais elle lui avait bien fait comprendre que ça *les* regardait, eux les adultes, en personne et que Hassan n'était pas son père ! Ce n'était plus un différend, c'était la guerre ! Dire que Hassan avait toujours encouragé le jeune garçon à l'argumentation, à faire valoir son esprit critique avant de prendre position ; alors, en ce jour, Jérémie ne comprenait plus rien ! Ce n'était pas un incident de couple ! Il le voyait bien ! C'était bien autre chose ! Jérémie aurait voulu intervenir de temps en temps car il pensait avoir son avis à donner, il pensait en savoir quelque chose, mais à chaque fois il était renvoyé dans les cordes, éloigné de manière autoritaire du conflit. Il pensait même aider à le résoudre jusqu'au jour où Hassan finit par demander à Myriam quelle religion elle allait choisir de pratiquer, car elle devait en choisir une, et pour son fils ce serait bien aussi, nécessaire même ! Cela n'avait jamais été abordé ! C'était la première fois qu'on parlait de religion à Jérémie ! Il devrait en choisir une ! Ah bon ! Mais il n'y connaissait rien ! Peut-être l'avait-on laissé ignorant alors que c'était une chose importante, nécessaire ? Les autres amis en avaient sûrement une, il l'avait bien deviné, mais alors, c'est Hassan qui aurait raison de se mettre en colère et sa mère aurait tort ? Et son grand-père aussi ? C'était vraiment une question personnelle, affirmait Myriam ; personnelle, oui, c'est ça, pensa Jérémie, j'ai tout de même mon mot à dire ! On n'allait pas continuer à le balloter comme un paquet ! Il avait dix-sept ans tout de même !

Sa mère coupa carrément la parole à Hassan :

— On peut être chrétien, juif, même athée ou musulman pratiquant, c'est bien, pourvu que la différence ne vienne pas gérer toute la vie quotidienne, empiéter sur la liberté individuelle...Et toi Jérémie, on en parle plus tard, ce n'est pas le moment, pas maintenant, non, je t'en prie, bientôt je te dis, tu m'entends !

C'était un ordre que Jérémie avait vraiment envie d'enfreindre ; il s'était jusqu'ici montré très docile mais un esprit de rébellion commençait à germer du fait des discussions avec les copains, des cours dispensés par certains professeurs. Il n'aurait pas sa place ! Il résista à deux reprises mais il dut reculer dans sa chambre laissant deux adultes rugir dans la pièce.

— Tu as vu comment on nous traite, fulmina Hassan, comme des moins que rien ! Non mais, ils voudraient continuer à faire comme ils ont fait pendant des siècles ! Ils nous regardent, et un jour, ils arrivent, et ils nous diraient comment faire ! Comment accueillir leurs industriels, les financiers, comment se mettre à disposition de leurs représentants ! Pourquoi ne pas remettre les capitulations au goût du jour non plus !

— Les capitulations ! Mais c'est quoi ça ?

— Tu connais peut-être bien l'histoire mais tu as été sélective dans tes apprentissages ou tu n'as pas voulu les entendre ou les lire, oui ou non, dis-moi ! Ça remonte à loin, Myriam, tu sais !

— Pourquoi pas à Mathusalem !

— Non ! Pas tout à fait, ça paraît loin mais le retentissement est encore présent aujourd'hui. Ecoute bien ce que je vais te dire : les capitulations de l'Empire Ottoman furent une succession d'accords entre l'Empire et les puissances européennes ; que des privilèges et des droits accordés aux chrétiens résidant dans les possessions ottomanes ; le sultan d'Egypte contraint de faire des concessions au royaume de France en mille cinq cents.

— Ah ! En effet, c'est loin dans le temps et bientôt les Perses ou les Mongols !

— Ecoute bien !

Jérémie tenta un retour sur « l'arène » pour une prise de parole, il avait quand même son mot à dire, du moins le pensait-il ! Il n'allait pas continuer à subir !

— Jérémie ! Tu nous laisses s'il te plaît ; va dans ta chambre, je t'en parlerai après !

— Non ! Non ! Qu'il reste, au contraire ! Il faut qu'il entende, que je lui apprenne les rudiments de l'histoire !

— Ah ça non, Hassan, tu n'as aucun droit sur lui ! Tu n'es pas son père ! Jérémie, va dans ta chambre, je vais t'y rejoindre !... Après !

— Dommage, il est temps qu'il apprenne que François 1er a récupéré une église pour les Chrétiens de Jérusalem, que les turcs avaient transformée en mosquée. Et les ordres religieux se développent par ce couvert au Levant et en Palestine ! Aucune redevance à l'Etat turc pour les marchands installés, tous les droits permis ! Comment veux-tu que cet Etat tienne et rembourse ses dettes ? C'est ainsi qu'on l'a asphyxié ! Tu te rends compte ! Tu as entendu Jérémie ? Et maintenant on nous refoule encore et toujours !

— Jérémie ! Tu files et on en reparle après !

Cette fois, Jérémie battit en retraite et claqua la porte ; au moins, ils sauraient qu'il n'était pas satisfait !

Jérémie et Myriam entendaient, abasourdis, un Hassan rouge de colère. Jamais Jérémie ne l'avait vu ainsi sortir de ses gonds. Il avait fallu attendre près de dix ans pour connaître le fond de sa pensée, à moins que les événements et le défaut de considération de l'Europe ait joué dans le sens d'une identité à la fois nationaliste radicale et religieuse extrémiste.

— Ce n'est pas nous qui leur devons quelque chose, ce sont eux qui devraient s'excuser au banc des assemblées devant le passé.

— Là, tu exagères un peu, beaucoup même ! remarqua Myriam. On ne peut pas revenir cinq siècles en arrière ! Nous ne sommes pas responsables des attitudes de nos ancêtres !

— Pas entièrement, mais nous devons assumer, lire clairement le passé pour discuter d'égal à égal avec nos interlocuteurs. D'ailleurs, si nous voulons résister, il faudra une fois de plus affirmer notre foi !

Jérémie regardait par la porte à nouveau entrebâillée. La phrase venait de tomber comme une bombe. Eclaboussée par tout ce que cela engendrait, Myriam manqua de tomber. Elle devait être très pâle. Elle resta silencieuse, l'air hagard un bon moment, puis elle se leva de la chaise, regarda attentivement

Hassan dans les yeux, et se mit à articuler presque en pleurs saccadés.

— Pas toi Hassan, pas toi, pas toi quand même ! Ne transforme pas notre paradis en un champ de bataille !

— Si ça continue, ça viendra ! Oh, tranquillise-toi, ce ne sera pas de mon fait mais par d'autres. Nombreux sont ceux qui ont lu et appris l'histoire de partage de notre territoire d'origine, la Syrie, des divisions opérées par les gouvernements occidentaux, ceux-là vont s'en charger et ce sera trop tard. Ils viendront dans chaque ville propager une idée, hélas totalitaire d'un nouvel état qui voudra se gérer comme il l'entend, gérer ses biens comme il le conçoit, vivre selon ses coutumes et là, ils ne feront pas de cadeau, ni aux Européens, ni à nous-mêmes, si nous nous opposons. Ce sera une guérilla permanente jusqu'à ce que nous ayons reconstitué un califat à hauteur de la revanche espérée ou non des populations !

C'était comme un cauchemar pour Jérémie : il ne savait plus cette fois comment se situer dans cette démesure. Myriam, hébétée pourtant, réussit à crier :

— Mais c'est une dictature sauvage que tu veux installer ! Te rends-tu compte de ce que tu encourages ?

Puis plus calmement, très calmement même, lentement, elle lui asséna :

— Sauvage ! Barbare, oui barbare, c'est le mot qui te convient ! Tu iras jusqu'à détruire l'église Sainte-Sophie, le symbole religieux de la chrétienté, de l'Empire byzantin ; allez ! Jouons aux armes, Empire contre Empire ! Et les populations dans tout cela, tu y as pensé !

C'en était fini d'une vie de couple bien tranquille à Istanbul avec Hassan, mais surtout c'en était fini d'une perception presque idyllique d'une vie future près du Bosphore. La terreur dans les esprits était à naître et, certainement, d'autres allaient se charger de revanches. Oh, ce serait assez aisé, il suffisait de récupérer les personnes en mal de reconnaissance, les jeunes en mal de travail, mal dans leur peau, en mal de vengeance par rapport à l'école et aussi en mal d'histoire pour un peuple. Le nationalisme associé à la religion allait pouvoir vivre des jours féconds, asseoir ses règles et son pouvoir. Trouver quelques penseurs, quelques dirigeants, quelques cadres et le mal pouvait développer sa toile d'araignée !

Les jours suivants, Jérémie vit Hassan prier de temps en temps puis régulièrement, puis sans cesse. Il l'avait vu aller à des réunions de travail qui n'en étaient sans doute pas. Son visage changeait de jour en jour. Jérémie trouvait la vie dans l'appartement de plus en plus pesante ; heureusement, il avait des camarades, particulièrement dans le club de natation. Alors, pendant des heures, il s'entraînait acquérant ainsi un très bon niveau sportif. Un mal pour un bien !

Pendant un mois pourtant, tout sembla plus calme ; personne ne parla du sujet délicat. La décision avait été prise entre sa mère et son ami de se quitter en bons termes mais un jour tout bascula : Hassan, qui jamais n'avait montré de mauvaises intentions à l'égard de Myriam et de Jérémie, demanda à sa compagne d'arrêter son travail, tout du moins de se couvrir la tête, mais aussi et surtout les jambes. Elle pourrait aussi se mettre à prier, tout comme Jérémie, au moins une fois par jour au début et puis parvenir au plaisir de faire sa prière cinq fois. Dans sa chambre, à son bureau, Jérémie disait non de la tête mais personne ne le remarquait tant la tension était forte entre les deux adultes. Il aurait crié, l'auraient-ils entendu ? Hassan poursuivait : Myriam devrait rapidement arrêter de travailler à l'extérieur, et aussi, et c'est le propos qui parut démesuré et révoltant :

— Je t'ai acheté un niqab, poursuivit-il, très joli, tu vois, j'aimerais que tu le portes quand tu sors en ville, les gens n'arrêtent pas de te regarder, car tu es belle tu le sais !

Jérémie travaillait un devoir de mathématiques mais en cet instant le problème posé était bien à l'extérieur de la chambre entre deux êtres pour deux façons de vivre différemment, en nette opposition !

La réponse avait été sèche et brève :

— Tu ne connais rien de moi ; ce n'est pas aujourd'hui que je me mettrai à prier ni ton Dieu ni aucun autre ; quant à ma coiffure, à mon visage et à mes jambes, observe-les bien attentivement et imagine le voile ou la burka que tu voudrais y mettre car jamais, tu m'entends, au grand jamais, je ne porterai de signe religieux quel qu'il soit sur moi, ni de vêtements qui m'enferment, oh non jamais, jamais ! Je t'accorde le droit de prier autant que tu veux mais prends sur toi, regarde où tu vas dans ton parcours, je ne te sens pas bien, tu fuis quelque chose et tu sembles te raccrocher à une croyance qui n'en est plus une. Ecoute ce qu'on t'a appris, mets en balance le passé et le présent, regarde bien où tu veux aller, ce que tu veux devenir. Mais à partir de demain, je te demande instamment de quitter les lieux ; je suis chez moi et tu vivras à ta manière chez toi. Je vois que tu voudrais me changer et même embrigader mon fils, mais de cela, il n'en est pas question. Moi aussi, je connais mon passé, mes ancêtres et je sais où je vais, je sais comment je vais continuer mon parcours, et il sera désormais différent du tien, indépendant des croyances tout en vénérant mes aïeux.

— Toi ! Des ancêtres ! Tu ne les connais même pas ! Tu ne m'en as jamais parlé !

— C'était très bien ainsi, je vois que j'ai été prudente ; parfois je me reprochais de ne rien te confier, mais aujourd'hui je suis fière d'avoir bien gardé secrète toute mon histoire. Nous n'aurions pas pu en discuter, je le constate aujourd'hui et notre bonheur se serait éteint beaucoup plus tôt. Je ne te dis pas au revoir Hassan mais adieu Hassan ! Que les dieux te guident sur le bon chemin !

Jérémie cette fois avait dressé l'oreille : la querelle avait servi au moins à une chose : il avait donc une ascendance secrète ! Et il serait bien avide de la connaître ! Mais la querelle reprenait de plus belle :

— Tu vois, tu en parles aussi, des dieux !

— C'est une formule mais je leur attribue beaucoup de sagesse, pas de révolte !

— Ah !

— Et maintenant, prends tes dispositions, dors cette nuit dans le canapé et demain dès l'aube, tu dégages !

Elle avait asséné ces derniers mots, droit dans les yeux, au visage de son compagnon, comme à un combattant ennemi. Tout de même, en l'espace d'un mois, leur appartement avait pris des allures de Balkans. Pas étonnant qu'on ait voulu et presque réussi à mener les gens du même palier à Sarajevo à se battre les uns contre les autres.

Jérémie avait achevé son repas plongé dans ses songes. Alors qu'il faisait sa vaisselle, c'est l'eau brûlante du robinet qui le ramena à l'instant présent. Il croisa à nouveau le regard de sa mère. Il la regarda alors intensément :

— Cela n'a pas l'air d'aller, maman !

Alors, du haut de ses dix-sept ans, il osa demander, il osa formuler la question, sa question, celle qui en sourdine remontait à la surface depuis bien des semaines, celle qui était devenue presque obsessionnelle depuis quelques mois sans pouvoir la formuler tellement elle pouvait provoquer de bouleversements dans sa vie, oui, il osa :

— On devra partir un jour, maman, c'est ça ? On devra partir ?

— Dans la vie, il ne faut pas forcément suivre les rivières en se laissant porter par le courant ; chacun doit créer son propre ruisseau d'après sa source, modifier si possible le courant de la rivière collective, tu comprends ?

—Alors là, maman, pas du tout ! Ou plutôt si un peu ! Je comprends qu'il ne faille pas suivre comme des moutons, d'accord ! Combien de fois tu m'as répété que chacun devait inventer son chemin ! Oui, mais tu ne réponds pas à ma question ! Tu te défausses !

— On verra, Jérémie ; on n'en est pas encore là ! Mais effectivement, un jour, on devra peut-être se poser des questions ! Cela dépendra de l'évolution des événements ici ! Pour le moment, travaille, apprends tes langues, tes sciences et... ne parle pas de nos conversations, même avec tes copains ! Je t'ai appris à être « bien comme il faut » dans ce pays, à l'aimer mais en silence ; tu as le droit de t'interroger ! Exerce ton esprit critique sur tout ce qui t'entoure, mais attends pour parler, pour t'exprimer, il est possible que parmi tes plus proches amis, quelques-uns aient des idées complètement à l'opposé des tiennes ; peut-être qu'eux aussi se taisent, alors prends toujours garde et en ton for intérieur, essaie d'être toi-même ! Pense mais ne délivre pas tes opinions et tes convictions au premier venu, pour le moment attends !

Etait-il satisfait ou non de la réponse ? On ne pouvait le savoir : Jérémie observait sa mère pour saisir quelques signes qui viendraient trahir une incertitude, une angoisse, un projet secret. Rien, pas d'indice palpable sinon de la lassitude inhabituelle. Tout de même, le mystère restait entier.

Le lendemain, Myriam et Jérémie se levèrent au son de leur radioréveil.

Si pour Myriam c'en était trop, pour Jérémie, le climat devenait aussi vraiment délétère. Les attentats provoquaient la terreur en Turquie et en Europe ! Cette fois, c'était l'aéroport et le métro de Bruxelles. Au moins trente quatre morts et plus de deux cents blessés. Les objectifs des kamikazes étaient lisibles.

Atteindre la représentation de l'Europe en plein cœur. Jérémie, jour après jour, voyait le visage de sa mère se fermer, perdre son sourire. Serait-elle, à l'image de l'Europe des droits et des lumières, mise à genoux elle aussi, devant la barbarie ? Etait-ce autre chose qui dévorait sa joie de vivre, quelque chose de plus intime ? Jérémie aurait voulu savoir mais rien ne filtrait des actes de sa mère, encore moins de son grand-père. Chaque jour, un besoin de savoir, un flot de questions grandissaient en silence dans l'ombre de sa famille :

Et si Hassan en était venu à ces actes extrêmes ?

Où était-il maintenant ? Faisait-il partie de ces gens qui osaient mettre à feu et à sang leurs propres frères ? Etait-il en Syrie ? Etait-il lui aussi à l'origine de la fuite de bien des réfugiés qui frappaient aux portes de l'Europe, qui naviguaient au prix fort, concédé aux passeurs sans scrupules ?

Et si le régime turc au fil des jours durcissait ses positions !

Tant de questions !

La rédaction du journal « le Cumhuriyet » qui signifie bien « République » a perdu son rédacteur Can Dündar ; il est emprisonné depuis le vingt six novembre dernier. Ce média dit kémaliste et laïc est pris pour cible par les djihadistes et le rédacteur aurait révélé que les services secrets turcs laissaient passer des armes à destination des djihadistes de Syrie. Le journal se trouve poursuivi pour plusieurs chefs d'accusation. Le procès est ouvert depuis le vingt cinq mars. Et si les frontières fermaient !

Depuis bien longtemps, Myriam ne s'était pas sentie aussi inquiète et cela se voyait. Comment faire et que faire ? Le silence pour avoir la paix ! Elle qui avait fui, fuirait une seconde fois ? Pour quelle destination ? Les mots d'Hassan avaient refait surface ! Résister avait-il dit… par la foi ! Mais non, s'opposer dans les croyances reviendrait à recréer des murs !

Résister, oui ! Aujourd'hui, il s'agissait d'observer le présent, de s'ancrer aussi dans ses racines les plus profondes, voir ce qu'il y avait de meilleur, mais surtout dessiner un futur : un exercice difficile, une forme de recherche en soi, tel un djihad, voire même un super djihad, mais pas pour faire la guerre, non ! Résister à l'envie de mettre l'autre en joue ; on aurait envie de le déshumaniser, car notre haine est si forte dans ces instants ; on aurait envie de le torturer mais alors on deviendrait moins homme qu'un homme, une bête infernale qui rendrait deux coups pour un, qui se cultiverait de haine pour la haine. Non ! Résister ! Pas une simple déclaration fortuite ! Résister c'est lutter avec ses idées mais aussi avec son corps ! C'est faire obstacle ! Myriam était prête au combat mais pour des valeurs !

Et Jérémie dans tout cela ? Il se posait bien des questions mais Myriam ne pouvait pas lui donner un embryon de réponses, pas pour le moment, pas encore ! pensait-elle. Comment lui expliquer ? Quoi lui dire, quoi lui révéler ? Etait-il temps, ou encore trop tôt ? Comment le protéger sans qu'il ne s'en doute ? Il fallait se battre oui ! Pour lui ! Dès demain !

Oui, le vingt-neuf mars, elle devait accompagner un groupe de touristes français dans Istanbul ; alors elle le ferait bien, encore mieux que d'habitude. Elle avait réfléchi ; ses premiers mots seraient : « bienvenue et surtout n'ayons pas peur ! Soyons vigilants mais n'ayons pas peur, c'est ensemble que nous vaincrons ce mal qui voudrait détruire ce que nous avons de plus cher entre nous : la capacité à s'écouter malgré nos différences. »

# 3

Le lendemain, Jérémie partit tôt vers le lycée. Aussi ne vit-il pas sa mère s'emparer d'un parapluie tout particulier. Jérémie ne l'aurait pas reconnue : si soucieuse la veille au soir, elle irradiait de joie son groupe de touristes, ce matin !

Elle venait de montrer fièrement et avec détermination, à deux reprises, son parapluie, rouge, auréolé de jaune et parsemé de quelques étoiles bleues. Les sourires étaient apparus, les yeux s'étaient écarquillés ; ce parapluie était tout même très singulier, presque une ombrelle. Difficile de faire la différence mais le plus important résidait dans les couleurs affichées : trois primaires, le jaune, le rouge et le bleu combinés ensemble, de manière originale. Pourquoi celles-là, pouvaient se demander aussitôt les passants et touristes. Il n'était pas nécessaire de connaître l'historien Pastoureau, il n'avait pas encore écrit sur le rouge. « Cela va venir ! C'est un océan », avait-il dit ! Mais le rouge, c'est le sang depuis le paléolithique, sur les peintures rupestres. Oui le sang !

Sur le trottoir où était rassemblé son groupe, le parapluie de Myriam inondait l'espace de sa couleur rouge comme des cuves de teinturier renversées. Elle avait deviné par avance que les touristes allaient appréhender le rouge de son ombrelle non par connaissance mais par intuition. Rien n'était explicité mais tous les touristes avaient compris le message. Myriam affichait un sourire éclatant ; il rayonnait comme une provocation, une envie, une joie de survivre malgré ce sang étalé sur les trottoirs, dans la grande ville d'Istanbul. Ce parapluie, c'était l'Orient : le jaune vif, foncé, témoignait de la vie, de la joie, de la fête même. C'était la couleur de l'Empereur de Chine, le jaune créateur de vie, mais avant tout, une ouverture au monde sur un fond de fraternité, une couleur vraiment solaire en ces temps de paralysie. Non ! Il ne fallait pas que la peur engendrée par les attentats nuise aux relations sociales entre les différents groupes religieux et ethniques. Mais sur le tableau qui virevoltait et tournait entre les mains de Myriam, une autre couleur marquait l'aspiration d'un peuple : la Turquie voulait être une de ces étoiles européennes. Un touriste du groupe intervint :

— « Vous pourriez nous en dire plus sur le choix des couleurs de votre ombrelle ?

— Avec plaisir,... puis avec espièglerie, Myriam ajouta :

— Vous pouvez me dire ce que vous avez lu ?

Quelques mots, quelques phrases, Myriam n'eut rien à ajouter ! Elle acquiesça d'un grand sourire !

— Et maintenant, allons-y, avait-elle ajouté, enjouée.

Très rapidement, au sourire bienveillant de Myriam, le groupe s'était mis en route.

— Devant vos yeux, Byzance, Constantinople, Stamboul, Istanbul ; suivant comment vous la nommez, vous faites référence à une histoire particulière de la ville. La Byzance des Grecs, la Constantinople de l'Empire romain d'Orient et la capitale des Sultans ottomans. Ici, c'est la « ville des villes » comme disaient les Chinois ; ici c'est le passage de l'Europe vers l'Asie ou l'inverse. Istanbul reste encore Byzance et vous connaissez l'expression « c'est Byzance » en référence au faste de l'époque. Vous le verrez à l'intérieur de Sainte Sophie, notre ville Istanbul, car aujourd'hui, il s'agit bien d'Istanbul, la lumineuse sur le Bosphore, et si vous ne voulez pas fâcher les turcs, ne dites pas Constantinople mais Istanbul et deuxième chose à éviter : les Turcs seraient très blessés d'être pris pour des Arabes ; ils n'en sont pas ; le peuple turc vient d'Asie centrale, de l'Altaï plus exactement. Mais de tout cela, nous aurons le loisir de parler.

Nous verrons aujourd'hui Aya Sofya Müzesi ou pour vous, le musée de Sainte Sophie et la mosquée bleue. Plus de mille ans de parcours historique. En marchant, observez bien les alentours, les minarets, écoutez les bruits de la ville, regardez ses couleurs, sentez-la aussi, c'est tout cela Istanbul ; et ce soir vous goûterez au Bosphore, à ses lumières chaudes et alanguies. Tout d'abord, Sainte Sophie : le plus grand monument religieux de la chrétienté pendant des siècles. »

Myriam virevoltait entre les touristes ébahis et poursuivait :

« D'ici, vous ne percevez que grossièreté. Les contreforts qui entourent la basilique lui donnent l'impression d'être enfermée, corsetée mais cette ceinture était nécessaire pour contenir le poids de l'audacieuse coupole : trente deux mètres de diamètre ; elle culmine à cinquante six mètres du sol.

Imaginez dix mille ouvriers à sa construction jusqu'à son inauguration en cinq cent trente sept. Une véritable ville avec tous les métiers du bâtiment mais aussi ceux venus restaurer les besogneux. C'est l'Empereur Justinien qui ordonna sa construction : bien sûr, il y eut des pillages dans les monuments païens jusqu'à Athènes, jusqu'à Ephèse. Les matériaux les plus riches ont été utilisés : le porphyre rouge d'Egypte pour les colonnes, des plaques d'argent et d'or d'Ephèse, de Baalbek, de Delphes. On y voit aujourd'hui du marbre vert, du marbre rouge, de l'ivoire également. Pour vous resituer dans le temps : vous avez appris les dates des expéditions de Christophe Colomb et du renouveau catholique sur l'Espagne. Quelques quarante années à peu près aux mêmes dates, en mille quatre cent cinquante trois exactement, ici c'était la prise de Constantinople par les Sultans. Deux orientations religieuses opposées à des milliers de kilomètres de distance comme si la balance des civilisations opérait de son mécanisme pour équilibrer le monde. C'est le vingt-neuf mai de cette année que Mehmet II donnait l'ordre de transformer la basilique en mosquée. Des modifications allaient alors avoir lieu...

Sainte Sophie, Théodose II, Allah, Mahomet, le crucifix, le mirhab, l'enfant habillé d'or, les noms de l'Orient croisaient ceux de l'Occident ; les touristes intéressés buvaient les paroles de Myriam.

Soudain, elle marqua un temps d'arrêt : elle fouilla dans sa poche, observa son téléphone puis reprit son explication…

« Voilà, nous arrivons à la Mosquée bleue. Pourquoi porte-t-elle le nom de mosquée bleue ? Elle aurait pu porter le nom du sultan. Vous devinez quand vous regardez les innombrables carreaux de faïence… qui garnissent les parois… Vous allez voir des roses, … des œillets, … des tulipes stylisés. C'est vraiment un joyau de l'art musulman. »

Myriam marquait un temps d'arrêt entre chaque mot tout en consultant son téléphone qui avait vibré à nouveau.

C'était un appel manqué de son agence de tourisme ! D'ordinaire, on lui adressait un message, soit pour corriger un horaire, soit pour vérifier un nombre précis de convives pour un restaurant soit…. Cette fois, on souhaitait l'entendre !... Un nouvel attentat à proximité qui obligerait à prendre des mesures immédiates ?

Elle rappela donc son interlocutrice à l'agence. Elle écouta attentivement… « Si, si, bien sûr », affirma-t-elle. De quoi était-il question ?

Elle observa à nouveau son groupe mais cette fois son regard semblait se perdre quelque part : visiblement, l'appel téléphonique l'avait troublée. Ses lèvres s'étaient détendues, étirées, dégageant un léger sourire.

Elle modifia le parcours et invita les touristes à visiter de suite Topkapi ; il était treize heures, le groupe pourrait entrer rapidement dans le palais. Que cachait ce changement, cette hâte toute nouvelle ?

Myriam fit découvrir ainsi ce qui avait été la résidence des sultans pendant quatre siècles de 1475 à 1855. « Pas de comparaison avec les châteaux européens, elle n'est pas possible », enchaîna-t-elle. « En effet, il faut toujours avoir en tête l'esprit nomade des Ottomans. Ainsi, on peut mieux comprendre les ouvertures du palais comme des tentes de camps, ouvertes sur le Bosphore et la mer Marmara. Les pavillons, les kiosques se succèdent ; tout cela peut paraître hétéroclite mais c'est tellement étonnant. Nous verrons particulièrement la porte monumentale du salut commandée par Soliman le Magnifique en 1524, réalisée par des prisonniers hongrois. »

Myriam, pourtant si professionnelle, semblait ailleurs et pressée.

Deux heures plus tard, elle accompagna le groupe au restaurant ; elle leur présenta sans plus d'explications la promenade que les touristes allaient réaliser sur le Bosphore à la nuit tombante : « de la mer de Marmara à la mer Noire, c'est tout cela le Bosphore ; une véritable avenue maritime avec, sur ses rives, quelques vestiges d'anciennes demeures de sultans. Vous aurez toutes les explications sur les vedettes ». Myriam distribua les tickets qui permettaient d'embarquer. Elle remercia le groupe pour son attention mais pour qui la connaissait bien, elle semblait vraiment distraite.

Elle se dirigea rapidement pour rejoindre le 24 rue Kutlugeün Sokak, l'agence Kirkit. Une agence reconnue internationalement pour ses prestations et ses guides.

La responsable avait déjà quitté les lieux ; elle devrait donc attendre. L'adjointe put tout de même lui confier qu'il s'agissait d'une mission à remplir en Europe, peut-être en Europe du Sud, oui, du sud, Myriam l'avait bien entendu cela, mais l'adjointe n'en savait pas davantage.

# 4

Quand Jérémie découvrit sa mère dans la cuisine ce soir-là, elle était méconnaissable et les changements d'humeur commençaient à l'intriguer. Elle virevoltait d'un endroit à un autre, prenait un objet, le reposait plus loin et ainsi de suite ; bref elle semblait tourner en rond débordant d'impatience.

— « Mais enfin, tu n'arrêtes pas d'aller et de venir comme une mouche à la recherche de la lumière ! Qu'est-ce qui se passe !

— « Rien ! Rien ! »

Une bien maigre réponse ! Si Jérémie avait su ... Mais il n'en savait rien !

C'était la première fois qu'on proposait une mission à l'étranger à sa mère depuis son arrivée en Turquie. Une mission qu'elle avait en quelque sorte fortement sollicitée. L'Europe ! Et même le sud de l'Europe ! Ce pouvait être la France, mais ce n'était pas à proprement parler le sud ; non, ce serait plutôt l'Italie, l'Espagne ou le Portugal !

Il fallait désormais attendre que la responsable revienne d'Allemagne.

Quelle attente !

Myriam passa la journée et surtout la nuit à supposer, à imaginer, à regarder les cartes ! Et si, et si !

Mais elle ne cessait de se dire, attends, sois patiente, tu ne sais pas, tu ne sais rien ! Mais tout de même, quelle chance ce serait !

Elle se mit à réfléchir à la situation du jour. « Quand je vois aujourd'hui cinq avril, tous mes anciens compatriotes bloqués à

Lesbos et à Chios ! Ce matin, ce sont aussi des Afghans, des Pakistanais, des Congolais déboutés du droit d'asile qui empruntent un petit bateau rouge qui prend la route de la Turquie. On dirait des déportés ! Tout près, des Syriens, hommes, femmes et enfants sont bloqués là. Pas de douches, peu de W.C., pourrait écrire la presse. Trente-deux Syriens partent ce matin pour l'Allemagne, Hanovre exactement. Et si je n'étais pas partie il y a quelques années, je serais de ces migrants en attente de demander l'asile ! Et aujourd'hui, à moi, on me propose un voyage vers l'Europe ! Avec de vrais papiers ! Un voyage de découverte, un voyage pour promouvoir la Turquie, un voyage de prospection ! C'était bien plus que cela, mais elle ne pouvait pas elle-même en confier un mot à son fils. Pas encore !

Myriam avait donc rendez-vous en matinée, ce cinq avril, à son agence. Elle allait enfin connaître la destination de son voyage.

Elle arriva vers dix heures après un court et rapide trajet en taxi jaune, pour ne pas se mettre en retard. Ce n'était plus son habitude. Elle préférait le bus mais tant qu'à connaître la bonne nouvelle autant être à l'heure et même en avance.

Elle devrait encore attendre dix minutes car sa responsable était au téléphone. Myriam en profita pour parcourir certains articles du Monde. Elle l'achetait une fois par semaine pour avoir une meilleure connaissance de la vie européenne. « Panamapapers », un véritable « moneygate » mondial ! Elle tournait les pages les unes après les autres pour avoir un aperçu rapide des titres et de leur développement. Tout à coup, elle rapprocha le journal. Non, ce n'est pas possible ! L'Europe nierait-elle ses valeurs ?

Myriam avait eu envie de lire l'article en entier mais la secrétaire n'arrêtait pas de lui adresser la parole. Myriam ne répondit pas immédiatement car elle était trop absorbée par la page en question.

— Eh bien Myriam, tu as l'air bien ailleurs ! C'est la proposition de Béatrice qui te tracasse ! T'inquiète, c'est une bonne nouvelle ! Ça va te plaire, toi la curieuse, l'ambitieuse !

— Euh ! Tu sais où je dois aller ?

— Oui, mais ce n'est pas à moi de te le dire, et voyant à nouveau Myriam prête à plonger dans l'article du journal ! Eh bien Myriam, que se passe-t-il ?

— L'Europe perd la tête et oublie ses pères !

— Ah bon, dis-moi !

Mais la porte du bureau de Béatrice s'ouvrit et ce fut avec un grand sourire que Myriam fut invitée à y pénétrer.

Les salutations furent brèves.

— Voilà, nous avons eu l'opportunité de nous faire connaître en Europe et particulièrement en Europe du sud et comme nous avons de bons liens avec les agences de tourisme dans ce secteur, particulièrement grâce à toi, chère Myriam, on nous propose un échange, vois-tu, un échange assez long, pour accroître nos potentialités et...

— Et... !

Béatrice avait marqué une pause, pour scruter les réactions de Myriam. Serait-elle aujourd'hui réticente ? Pourquoi Myriam se montrait-elle fébrile à l'instant ? Elle si vive et si posée de coutume ? C'est elle qui avait depuis longtemps émis l'idée d'un échange ! Et dans cette partie du monde !

— Un séjour assez long ? Dans le sud de l'Europe ?

— Ça va Myriam ?

— Oui ...oui !

C'était articulé, lentement et sûrement, avec beaucoup de réflexion

— Car, si cela ne te convient pas, tu me le dis immédiatement et je fais cette proposition à une autre guide, mais sache qu'on reconnaît que tu étais à l'initiative de ce projet et que toutes les agences ont justement souhaité que ce soit toi qui ailles chez eux !

— Chez eux ? Et un séjour long ?

— Oui, peut-être sera-t-il difficile de t'organiser avec ton fils, mais il pourra peut-être rester avec ton père, car il n'est plus un enfant !

— Combien de temps ?

— Trois mois !

— Mais ?

... Cette fois, Myriam regardait Béatrice, en l'interrogeant du regard, bien avant de formuler :

— Mais où ?

— Oh mille pardons, je pensais te l'avoir dit ! L'Espagne, mais dans cette région si particulière qu'est l'Andalousie !

Myriam resta muette pendant une quinzaine de secondes.

— Myriam, ça va ?

— Oui, oui, ... je suis tellement surprise et heureuse à la fois !

— Tu connais un peu cette région de l'Espagne ?

— Oui et non, mais c'est difficile et long à dire...

Et se reprenant,

— J'ai lu quelques livres à propos de cette région.

— Alors ta réaction, à chaud, comme ça ?

Son cœur battait la chamade. Partir trois mois dans cette région l'enchantait plus que tout au monde mais elle se retint !

— Oh oui, ce serait avec grand plaisir. J'aurai à encadrer quelques visites, si j'ai bien compris ?

— Oui, tu as tout compris, mais je vais te donner l'exemplaire du contrat qui nous lierait et je te laisse quelques jours pour me rendre réponse.

Etait-ce la peur de voir ce voyage lui échapper ? Myriam répondit du tac au tac :

— Je vais le lire aujourd'hui même ; ma réponse c'est oui, oui, mais tu comprends il faut que je m'organise pour Jérémie, mon fils.

— Bien sûr Myriam ! Et la date du départ peut être reculée en fonction de tes possibilités !

— Le départ serait prévu quand ?

— Un départ est possible dès le seize avril pour Malaga avec une petite escale d'une heure à Zurich !

— Ah ! Il n'y a pas de temps à perdre !

— Ecoute, en raison des événements, des visites ont été annulées, donc prends deux ou trois jours ; tu as des congés de l'an passé à solder ! Et on peut retarder ton départ de quelques jours, d'une semaine !

Myriam avait manifesté sa grande satisfaction ; elle était certainement honorée de tant de considération mais en même temps on pouvait deviner beaucoup d'inquiétude !

Inhabituel, cette attitude chez Myriam ! Professionnellement en tout cas ! L'absence longue ? Son fils ? Autre chose ?

C'est bizarre tout de même, pensa Béatrice

# 5

Jérémie aurait bien voulu revenir très tôt à son domicile. Il avait remarqué l'agitation inhabituelle de sa mère ; il l'avait suivie un moment le matin même, mais quelle n'avait pas été sa surprise de la voir solliciter un taxi, elle qui marchait à pieds ou prenait le bus. Une urgence ? Elle en aurait parlé ! C'était donc une situation pour le moins intrigante ! Il ne put revenir au domicile qu'après son entraînement sportif mais il n'allait pas tarder à connaître les conséquences de démarches un peu secrètes.

Myriam était revenue rapidement à son domicile après le rendez-vous auprès de son agence. Son père était en consultation ; pas question de le déranger ! Pourtant elle avait été tentée de frapper à la porte et de crier la nouvelle ! Elle dut attendre un bon moment avant que la porte s'ouvre.

A la sollicitation presque affolée de sa fille, il s'était assis mais au bout de quelques phrases, le père de Myriam quitta cet air détaché que peuvent afficher les praticiens : quand elle prononça le mot Andalousie, il ne put retenir un large sourire, il se leva aussitôt de son fauteuil et tendit les bras à sa fille. Ils restèrent ainsi un long moment en silence. Quand les bras se desserrèrent, des larmes coulaient sur les deux visages. Pourquoi tant d'émotion ? Myriam s'était retenue depuis l'annonce à l'agence mais dans le bureau de son père, à l'abri des regards, en toute intimité, elle se laissa un moment submerger par ce qui arrivait. Une véritable autorisation à se rendre en Espagne !

Myriam et son père discutaient fermement. La durée du voyage était-elle la raison de leur inquiétude ? Qu'est-ce qui pouvait bien les troubler à ce point ? Jérémie ? Il était facile de lui expliquer que sa mère partait pour une durée de trois mois. Il en serait sûrement ravi d'autant que les copains et les copines seraient prêts à l'inviter, à l'héberger même ! Et cela, Myriam l'aurait vu d'un mauvais œil ! C'est à dix-sept ans que les jeunes ont envie d'expérience mais c'est à cet âge qu'ils sont le plus influençables. Le problème se situait-il là ou bien ailleurs ?

Pendant plus de deux heures, ils discutèrent. Le médecin avait même décalé des rendez-vous !

Et si... et si ! Myriam et son père échafaudaient des scenarios. Tous les deux battaient et rebattaient les cartes ; cette fois, l'enjeu était d'importance ! Oui, il fallait bien sûr que Jérémie l'accompagne, c'était la condition mais comment lui faire comprendre que son avenir pouvait se jouer là !

Il était scolarisé en terminale et attaché à ses camarades de classe, surtout à ses amis du club de natation et particulièrement à une jeune nageuse ; il la fréquentait de plus en plus après les séances de piscine ou après les cours ; c'était aussi une élève brillante, épanouie, probablement d'origine musulmane, mais non pratiquante. Jérémie accepterait-il de quitter son premier amour pour venir en Espagne ?

Myriam essuya un premier refus.

— C'était donc ça, le taxi ce matin, ton agitation hier soir, tu me cachais bien des choses et ça dure depuis combien de temps ce manège pour m'expédier au loin, vers une région inconnue du monde ou presque ?

— C'est un projet auquel je ne m'attendais pas ! Enfin, pas tout de suite, mais... C'est une chance !

— Partir comme ça, au moment où je me sens bien, vraiment bien à Istanbul malgré les attentats, là non, maman ! Et puis l'année scolaire n'est pas terminée ! Tu m'as toujours expliqué que le dernier trimestre était le plus important !

— Oui, c'est vrai, mais ce que je te propose est encore plus important que la réussite de ton dernier trimestre.

— Non, non, qu'est-ce que je vais aller faire en Espagne, je ne connais personne ! Je ne pars pas ! Je peux me débrouiller seul ici et l'Espagne très peu pour moi !

— Il y a parfois des opportunités, des choix à ne pas rater dans la vie !

— Maman, je suis jeune, j'aurai tout le loisir d'y aller en Espagne ! Ce n'est pas le Pérou ! Les Seychelles ! J'aurai l'occasion de voyager, tu sais, nous les jeunes, on ne vivra pas comme toi et grand-père !

— Ce n'est pas si sûr que cela ! Tu sais, les choses bougent dans le monde, et ici en particulier !

— C'est ça que tu mijotais depuis plusieurs jours ! J'ai bien remarqué tes changements d'humeur ! Et le taxi ce matin ! Va, pars, toi si tu veux c'est bien, mais moi je reste, ton voyage ne me concerne pas ! Je ne partirai pas, et c'est en bougonnant qu'il acheva ses derniers mots !

— C'est à cause de Cemile, c'est ça !

La prononciation du prénom vint doubler l'émotion chez le jeune garçon mais éveilla beaucoup de curiosité. Que sa mère en parle, c'est qu'elle savait, c'est qu'elle avait remarqué alors leur fréquentation assidue ! Elle le surveillait ?

Devant le doute et le silence de Jérémie, Myriam préféra le tranquilliser :

— Elle est charmante ta Cemile ; d'ailleurs, son prénom reflète bien ce qu'elle est, tu sais que ça veut dire « gentillesse » mais aussi « la femme aux secrets ». A croire que les prénoms prédestinent le caractère, le tempérament.

— Cemile, ça veut dire gentillesse et… femme aux secrets, je ne le savais pas !

A plusieurs reprises, Cemile était venue avec Jérémie au domicile, le prétexte étant toujours de préparer un exposé, un devoir de maths ou un exercice d'espagnol car elle aussi, avait choisi d'apprendre cette langue. Un pur hasard sûrement, à moins que le choix n'ait été motivé pour s'assurer des rencontres régulières et pas seulement furtives.

— Et tu veux rester ici pour elle, c'est ça !

— Oui, si tu veux savoir ! J'aime Cemile !

C'était ferme ! Myriam le regarda intensément ! Elle tenait à son voyage et elle était bien déterminée à ce que son fils l'accompagne ! Mais pourquoi donc autant d'insistance, commençait à penser Jérémie, cela devenait même inquiétant !

— C'est une occasion unique qui ne se renouvellera pas !

— Mais je m'en fiche de l'Espagne et je peux me débrouiller ici avec grand-père ; durant la semaine, j'ai mes cours de toute façon alors ! Et le soir je peux même préparer à manger pour nous deux !

La conversation durait depuis près de trois heures. Bien sûr, il y eut quelques pauses mais Myriam revenait à la charge.

— Donc, les voyages à l'étranger, tu n'en feras pas sous prétexte que Cemile est là ! Elle ne restera pas toujours avec toi, on ne sait pas ce que réserve la vie !

— Tu ne comprends pas, maman, on est bien ensemble !

— Oui, ça je le comprends mais écoute-moi, je t'en supplie !

Jamais, Jérémie n'avait encore perçu une telle obstination chez sa mère pour le convaincre.

— Aujourd'hui, je peux t'offrir une chance de découvrir quelque chose dont tu n'as pas idée. Seulement, je ne peux pas tout te dire en deux phrases, là sur le canapé. Tu peux comprendre qu'on ne dit pas toutes les choses de la vie à un enfant et toi, tu me fais comprendre que tu quittes le monde de l'enfance.

— Enfance !

— Oui, pardon, tu es un adolescent très éveillé, pardon encore, un jeune homme très intelligent et serviable et c'est pour cela que je te demande, que je te supplie, tu sais ce que veut dire supplier ; je me mets là, à genoux pour que tu acceptes de venir en Espagne !

— Mais qu'est-ce qui se passe aujourd'hui ? J'ai d'ailleurs l'impression depuis un moment que l'on me dissimule beaucoup de choses !

— Oui, je ne t'ai jamais parlé ainsi ; tu es presque un homme, je ne t'ai pas vu suffisamment grandir, il y a des choses que l'on ne dit pas aux enfants !

— C'est de mon père dont tu veux me parler ? Ecoute-moi aussi : il n'a jamais donné de nouvelles, ce n'est pas maintenant que je vais m'en inquiéter. Oh, bien sûr, parfois, le soir, je me mets à rêver d'un père qui viendrait m'accompagner au club ou même faire une balade dans Istanbul ; oui, une longue balade sur le Bosphore et j'ai rêvé qu'il vienne me conter son histoire, l'histoire de son père, de son grand-père mais de cela j'en ai fait mon deuil, alors maman, les secrets de ce genre, je m'en passe maintenant, je m'en casse !

— Non, non, ce n'est pas cela et ton père n'était pas mauvais homme mais c'est ainsi, dans la vie, on affirme ses choix et ils ne conviennent pas forcément à l'autre ! Tu le constateras un jour peut-être.

— C'est ça, un jour tu verras ! Mais arrête maman avec tes énigmes !

— Justement, il faut du temps pour comprendre, et il ne reste que quelques jours avant mon départ ! Il faut du temps pour entendre et comprendre ce que j'ai à te dire !

— Quelques jours ? Et tu veux que je déguerpisse comme ça !

— Il n'y a pas de temps à perdre ! Tu écoutes la radio, tu regardes la télé, tu entends parfois ce que j'ai lu dans la presse internationale ! Crois-moi, ça bouge !

— Et alors, on est venu en Turquie, on est tranquille !

— N'oublie jamais que tu es Syrien ! Un réfugié ! Et tu vois comment vivent les réfugiés aujourd'hui ? Un jour on peut nous dire que nous ne sommes que des réfugiés, vois-tu, comprends-tu ?

— Mais tu as toujours dit que nous étions en sécurité ici !

— As-tu vu ce qui s'est passé en Bulgarie les jours derniers ?

— Euh, non !

— Des Bulgares ont pourchassé des réfugiés syriens qui tentaient de passer par ce pays ; ils les ont ligotés, filmés ainsi, pour montrer que le pays n'en voulait pas ! Et pourtant des chrétiens chez des chrétiens ! Voilà Jérémie jusqu'où peut aller la peur de l'autre, la haine de celui qui peut manger le peu de pain que l'on possède ! Et qui ne nous dit pas qu'une chose pareille peut arriver ici ?

— Mais maman, on est turc, tu me l'as bien répété, alors… ?

— Et si un jour, on remonte dans le temps pour savoir qui est immigré ! Ça, dans tous les pays, on l'a vu et nous ici, on n'est pas à l'abri de telles décisions ! N'oublie pas que sur la carte d'identité, qui fait figure de carte bancaire, tu le sais, apparaît aussi une ligne religion ; depuis la réforme de 2006, on n'est plus obligé de la noter mais que réserve l'avenir ? Le pays est laïc, mais c'est la religion musulmane sunnite qui est à la fois contrôlée et autorisée. Et aux religions minoritaires, on n'accorde que peu d'importance ! Bien sûr, il y a le traité de Lausanne !

— On devient Arménien maintenant, mais maman, tu déraillles complètement !

— Non, mon fils, tu n'es pas Arménien mais j'aimerais t'aider à découvrir qui tu es réellement et pour cela, il faut, tu m'entends, il faut, il faut que tu m'accompagnes en Espagne !

Devant le silence de Jérémie, Myriam insista encore.

— Peux-tu me dire, maintenant, que tu acceptes ce voyage ? Trois mois ! Ce n'est pas long ! Je n'ai pas encore de solution pour que tu viennes mais je vais la trouver si tu me donnes ton accord, et surtout, ne dévoile rien pour le moment à qui que ce soit, tu m'entends… Tu me le promets ! Pas même à Cemile !

— Je vais voir !

— Oui Jérémie, j'aime bien que tu décides toi-même comme je te l'ai appris mais cette fois, je voudrais que tu te décides plus rapidement, il n'est plus question de voir, il est question de ta vie !

Jérémie comprit que les propos de sa mère n'étaient pas à prendre à la légère. Il l'avait bien vue soucieuse les derniers temps ; souvent lorsqu'il revenait de son entraînement sportif, il la trouvait pensive comme si elle était harassée par quelque chose. Il se souvint alors de la question posée un soir à sa mère : il faudrait partir ? Mais elle n'avait pas répondu. C'était donc cela qui la taraudait, et ce soir, elle s'exprimait non pas à cœur ouvert car elle ne dévoilait pas l'essentiel mais elle intimait son fils de lui obéir ; la situation était peut-être périlleuse, du moins était-il prêt à porter un peu de crédit à ses propos.

Devant son imploration, Jérémie venait de comprendre que des multiples chemins pouvaient être empruntés. Fallait-il choisir le chemin auquel on aspire ou celui qu'un proche nous indique ? La route choisie déterminerait à coup sûr sa trajectoire, il en avait conscience. Cette fois, dans la pièce de théâtre qui semblait se jouer depuis son enfance, il eut à cette seconde la prémonition d'en devenir l'acteur principal. Le puits de lumière venait de se déplacer de ses parents à lui. Dire oui, c'était toujours obéir et Jérémie aurait bien voulu un peu désobéir. Mais refuser, c'était peut-être se mettre en situation dangereuse, c'est ce que venait de souligner sa mère. Le danger bien sûr, les attentats, le retour sur une nationalité acquise, bien sûr la religion qu'il n'avait pas ! Mais non ! C'était encore plus ! Encore différent ! Encore plus important !, martelait-elle. Il hésitait ; son projet d'école de pilotage, il y tenait ; son dossier scolaire lui permettrait d'y entrer sans aucun doute, mais c'était l'année scolaire prochaine, pas maintenant ; il voulait vivre les dernières semaines en bonne compagnie ; partir c'était alors abandonner les amis, se fuir en plus d'abandonner Cemile !

Jérémie tournait dans la cuisine depuis plusieurs dizaines de minutes. Il mettait tout sur la balance, mais celle-ci restait toujours en équilibre ; il aurait bien voulu qu'elle penche d'elle-même !

Qu'est-ce qui lui fit dire alors tout à coup :

— Maman, je dis peut-être, mais… !

— Entends-moi, c'est vital pour ton avenir ; je ne peux pas t'en dire plus mais aie confiance en ta mère !

— Je demande à voir, c'est presque oui, parce que tu insistes lourdement, mais au final je voudrais rester. Je ne sais pas ce qui se passe mais autant je suis tenté de t'obéir autant mon cœur me dit de rester. Qu'est-ce qui est le plus important ? Et avoue que tu me demandes de mettre un bandeau sur les yeux et en avant !

— Justement tu l'as le bandeau et je voudrais faire en sorte que tu puisses le retirer quand il est encore temps !

— Ce sont des mots maman, tu parles, tu parles, mais tout cela ne signifie rien !

— Le seul moyen de découvrir ce que je peux te montrer c'est de m'accompagner ! Ce voyage que l'agence me propose, c'est LA chance de TA vie !

— Là, je pense que tu exagères… Et puis si j'allais, j'y mettrais une condition : fréquenter le lycée sur le pays pour connaître d'autres jeunes quand même.

— Essaie sur un mois et si ça ne va pas, tu reviens je te le promets !

Un silence s'établit dans la pièce. On entendait le cliquetis des verres et des assiettes.

Jérémie lui adressa un regard franc.

— Dans ces conditions, un mois, pourquoi pas ! Je crois que j'ai compris quelque chose !

— Compris ?

— Enfin,…, je veux bien y aller…, je crois…, que…, peut-être que je vais apprendre quelque chose, enfin,…, depuis le temps que j'entrevois des secrets, je vais peut-être,…, enfin, tu as dit …, ma famille, mes ancêtres, c'est ça, oui, je voudrais bien savoir quand même, .., et puis découvrir le monde !

— Le monde, …, mais c'est toi, Jérémie, que tu vas découvrir, c'est toi qui vas te révéler !

# 6

Jérémie devrait donc s'absenter de son lycée. Il n'avait pas d'examen cette année ; en effet, pas de bac en Turquie mais un contrôle continu pour obtenir le Lise diplomasi et ses excellents résultats laissaient présager d'une admission d'office dans une université, par le Yök, le conseil de l'Enseignement supérieur.

Myriam alla donc au lycée et expliqua en long et en large l'opportunité qu'offrait ce voyage : il pourrait mettre en situation l'espagnol qu'il avait appris et c'était un moment charnière avant d'entamer la vie universitaire.

Au lycée, on lui parla d'échanges possibles avec des lycéens d'Europe par l'association P.I.E., de programmes échanges internationaux, mais il fallait le temps de monter un dossier. Finalement, c'est le responsable du lycée qui la libéra.

— Il y a une solution, madame Gomé ! Jérémie a d'excellents résultats. Il va pouvoir connaître un pays étranger, et... la scolarité au lycée n'est pas obligatoire ! Si j'étais à votre place, je ferais valoir tout cela par un courrier que je joindrais à son dossier ! Nous lui en donnerons même un qui lui permettra de passer quelques jours dans certains lycées. Je vais le faire rédiger par le professeur d'espagnol.

Myriam n'en attendait pas tant.

Elle vérifia les passeports qu'elle avait déjà obtenus bien avant l'autorisation de quitter le lycée. Toujours prévoyante ! Les visas, l'agence en avait fait son affaire, avait dit Béatrice. Maintenant que tout était décidé, Myriam proposa même à son fils d'inviter quelques camarades pour fêter son départ. Jérémie avait pensé avoir du chagrin mais ses copains étaient si admiratifs du voyage qu'il allait pouvoir vivre, ils étaient si envieux également, qu'il mesura la chance qu'il avait. Même Cemile l'encouragea. Il fut même étonné du ton qu'elle donnait à ses propos ; presque énigmatiques ! D'apparence calme et impassible, elle ne s'affolait jamais, agissait avec sérieux et sérénité ; à dix-sept ans, elle montrait qu'elle avait les pieds sur terre. Timide ou réservée ? On ne savait pas toujours ce qu'elle pouvait penser. Hésitations ? En fait, Jérémie avait pu découvrir qu'elle observait beaucoup, qu'elle réfléchissait avant de prendre une décision et d'en faire part ; elle contrôlait ainsi son intuition quitte à perdre un peu de temps avant d'agir. Cemile venait une fois de plus de l'étonner. Elle était secrète, c'était bien vrai ! Décidément, le passage à l'âge adulte lui révélait beaucoup de choses inattendues.

Le départ fixé au seize avril avait été repoussé au dix-neuf puis au vingt-six. Pour un retour le vingt-six juillet. Cette fois, le départ devenait imminent. Décollage six heures dix de l'aéroport international Atatürk Havalim. Arrivée à Malaga dix-sept heures dix. Une escale de sept heures trente minutes ! Où ? A Rome !

Décidément, se disait Myriam, pourquoi des événements semblent-ils se rapprocher avec une telle intensité ? Y aurait-il un hasard, de simples coïncidences ou bien la volonté de chacun, à un moment précis, était-elle si intense, si forte qu'elle parvenait à forcer le croisement de l'actualité avec sa propre histoire. Aujourd'hui, en tout cas, aux actualités, quelqu'un affichait une détermination inouïe au cœur des jeux politiques ! Il était encore possible de crier au monde que les individus en détresse dans un coin de la terre pouvaient être accueillis par d'autres. Des pays qui avaient connu leur propre libération de leurs tutelles, des populations malmenées qui avaient émigré, qui avaient trouvé un accueil chaleureux dans d'autres pays, voilà qu'eles érigeaient à coup de slogans et de formules des frontières de barbelés, des frontières de mots pour se protéger d'éventuels envahisseurs. Que leur demandait-on ? D'accueillir une trentaine de familles, même pas une par bourgade.

Mais aujourd'hui, le pape venait d'embarquer douze réfugiés de l'île de Lesbos pour un accueil humanitaire au pays de la chrétienté. Pas des chrétiens, non, des musulmans et ils étaient accueillis royalement par des chrétiens ! Coup de maître diplomatique ? Myriam se disait que cela portait quand même loin le sens de la fraternité. Des pays avaient bravement, au prix du sang, gravé ce mot au fronton des monuments, mais aujourd'hui, le mot ne s'était-il pas vidé de son sens ? La loi l'intégrait même dans sa devise, mais chaque habitant l'aurait-il écrit avec la fierté de ses aïeux, l'aurait-il porté en son for intérieur, l'aurait-il défendu si des groupes extrémistes l'avaient atteint dans son intégrité graphique ? Non, l'individualisme avait tissé sa trame ! Il s'affichait en « moi, moi, moi », sur les appareils de téléphone brandissant des autoportraits à qui mieux mieux ! Chacun devenait frère sur les écrans des téléphones portables, encore plus frère que frère sans se connaître, petit ami ou grand, pour s'offrir en vitrine aux quatre coins du monde. Il ne s'agissait plus de se connaître mais de s'afficher. Ce n'était plus de la fraternité, adieu l'alter ego, on voulait se garder entre soi, déborder le groupe pour être le moi le plus reconnu, le plus beau, le plus important. Adieu l'alter, bonjour l'égo !

Et, Myriam, tout en préparant méthodiquement les derniers objets ou vêtements à placer dans les valises, se retourna vers son fils : il était très attentif, tout en réflexion.

— Tu vois Jérémie, lui dit-elle, en lui faisant face et en lui posant les mains sur les épaules, les yeux dans les yeux, tu vois, tu vas découvrir avec moi une partie de l'histoire de l'Espagne, tu vas vraiment découvrir ce qu'a été la vie fraternelle entre les communautés religieuses mais aussi la simple tolérance qui mène hélas au rejet le plus violent ! Et c'est ton histoire !

— Mais ?

— Oui, Jérémie, chacun porte en lui l'histoire du monde, des siècles d'histoire avec ses ombres et ses lumières ; je viens d'en rallumer la première bougie !

Enfin, il allait donc connaître un peu son histoire ! Sa quête serait enfin satisfaite !

Jérémie, sa mère et son grand-père eurent quelques moments intimes dans les soirées qui suivirent. D'un accord qui semblait tacite entre eux, ils ne parlèrent que de choses matérielles : le dentifrice, la tenue vestimentaire, les dictionnaires, les choses que l'on pouvait avoir sur soi en cabine. Ils ne cessèrent pas de peser les valises, retirant tel pull, ôtant tel livre pour que le poids ne dépasse pas les vingt-trois kilos autorisés.

...Cette fois le départ était imminent ; dès le lendemain vingt-six avril.

# 7

C'était cela partir ? avait pensé Jérémie en arrivant à l'aéroport. Oublier un peu sa maison et les proches, penser tout de même aux amis que l'on quitte, les souvenirs d'enfance qui renaissent on ne sait pas pourquoi ; partir, c'était une césure dans l'espace et dans le temps, c'était la conscience d'avoir vécu quelque part et d'aller à l'aventure, vers un autre temps et un autre lieu.

Deux heures d'attente à l'aéroport : un peu d'angoisse tout de même car c'était un premier départ de Turquie, dans un contexte sécuritaire ; cela avait engendré un climat suspicieux, des fouilles minutieuses, des contrôles approfondis et un examen très scrupuleux des bagages, des passeports et des visas.

Pour le baptême aérien de Jérémie, c'en fut un ! Myriam avait pourtant mis en garde son fils mais de l'habitude, qui s'en méfierait ? Il avait bien suivi attentivement et scrupuleusement, pensait-il, les consignes de sa mère.

Cependant, il avait omis de retirer de sa poche une pochette contenant une paire de ciseaux à ongles ; c'était là l'outillage d'un extrémiste meurtrier ! Au contrôle, Jérémie fut alors amené manu militari aux services de police de l'aéroport ; il connut son premier interrogatoire, vif et musclé. De manière soudaine, sans y être préparé, Jérémie était contraint de se défendre, de proclamer son innocence ; il sentait le sang gicler dans les veines, il ressentait la sueur froide dans son cou et sous les aisselles. Il se voyait maintenant interdit d'un périple qu'il avait commencé à souhaiter. Fallait-il toujours goûter à cette situation gênante pour apprécier un départ ? Dans ces situations inconfortables, qui pouvait être le plus crédible ? Un jeune garçon, empreint de flegmatisme juvénile, l'adolescent un peu innocent, ou celui qui, un peu arrogant dans son allure, allait encourager la méfiance des policiers ? Durant l'interrogatoire, il partit, effectivement pour un ailleurs, pour magiquement se soustraire à la situation incongrue du moment ! Mais les policiers le harcelaient sans cesse de questions auxquelles il n'avait jamais pensé. Il répondait le plus franchement possible tout en sanglotant.

Après des vérifications rapides, les policiers entendirent Myriam.

Jérémie, assis dans une chaise de bois dans la pièce contigüe, peinait à retrouver des couleurs ; la chaise tremblait du fait du mouvement saccadé et involontaire des jambes de l'adolescent. Est-ce que c'était l'odeur de la pièce qui lui donnait des haut-le-cœur, ou le relâchement après la grande tension subie ?

Au bout d'un moment, après des vérifications tatillonnes de la part de la sécurité de l'aéroport, Jérémie, de couleur verdâtre, était libéré. Il était temps ; on avait retardé le décollage de l'avion de quelques minutes.

Jérémie n'eut pas le temps de retrouver ses couleurs qu'il aperçut le matelas des nuages au-dessus d'Istanbul et le soleil resplendissant sur les ailes de l'avion. Pour la première fois, il sentait l'odeur du plastique des sièges, l'odeur caractéristique du tissu des fauteuils et goûtait aux sensations de son premier vol. Il sentit la pression sur ses tympans. Il se mit à regarder tout autour. Il découvrait l'allée centrale, les explications de l'hôtesse que presque personne n'écoutait. Jérémie écoutait tout ; cette fois, il ne voulait pas être pris au dépourvu : le masque, l'oxygène, les portes de secours. Il aurait été capable de répéter ce que la jeune dame venait d'expliquer. Il observait attentivement les casiers de rangement, les protège-têtes. C'était cela aussi partir ? Ressentir les odeurs, celles du plastique de l'avion, des parfums des femmes toutes proches, de l'haleine pestilentielle du passager assis à l'arrière ! Partir, c'était alors, dans la promiscuité, découvrir aussi l'autre, non pas dans un dialogue mais dans l'espace restreint où se mêlaient les humeurs les plus désagréables.

C'est à cet instant, après un silence qui avait bien duré un quart d'heure, que la réprimande de sa mère lui parvint comme une gifle, ferme et sans commentaire possible :

— Tu n'as pas conscience de tes actes ! Ce n'est pas possible, pas toi qui es si raisonné !

Et poursuivant, après avoir marqué une pause, soit d'hésitation soit de détermination, comme pour mieux faire entendre ce qu'elle avait à dire :

— Si tes ascendants avaient joué leur avenir à la roulette russe comme tu viens de le faire, crois-moi, tu ne serais pas là en ce moment !

— Pardon ?

Il n'en dit pas plus, il savait qu'il pouvait déclencher une avalanche de remarques. Il n'eut pas à attendre bien longtemps !

— Ce sera la première révélation de notre voyage ! Et pas la dernière, crois-moi !

Jérémie osa alors :

— Mes ancêtres ! C'est bien... la première fois... que ...tu commences à m'en parler !

Puis soulagée elle aussi, un léger sourire aux lèvres :

— J'ai bien cru que tu allais faire rater notre voyage de rêve ! Dors maintenant, tu es tout pâle et on reparlera de bien des choses les jours prochains.

Il y eut bien l'atterrissage à Rome pour une escale de plus de sept heures. Jérémie avait bien emporté des livres.

Ils déjeunèrent de sandwichs achetés sur place. Jérémie achevait de grignoter son fruit tout en se promenant dans une grande allée en zone internationale. Les fauteuils étaient confortables ; Il adressa un court message à Cemile. Jérémie sourit ! Cemile lui avait répondu ! Un petit smiley ! Il était heureux !

Une demi-heure plus tard, Myriam fouilla dans son sac à dos et retira un petit ouvrage ; elle regarda son fils droit dans les yeux, lui tendit le livre qui paraissait bien minuscule ; ce n'était qu'un livre de poche, pensa Jérémie. Cependant, il le prit et questionna :

— C'est quoi ?

Myriam resta silencieuse un moment, le regardant fixement !

— Tu te posais des questions ? Voilà des premières réponses !...Avec ce conte !

Jérémie vit une image de forteresse sur la première de couverture, comme un grand château haut perché sur fond de ciel bleu. Un carré noir où était écrit : Washington Irving Contes de l'Alhambra.

— Un conte pour connaître mon histoire ! C'est la meilleure !

— Oui, oui, prends le temps !

Jérémie retourna plusieurs fois l'ouvrage, très sceptique. Il n'en connaissait ni l'auteur ni le titre.

Il commença à lire la quatrième de couverture : « Esquisses et légendes inspirées par les Maures et les Espagnols ! » Oui, ça se passe en « 1829 à Grenade au milieu des montagnes et... desservie par de mauvaises pistes qui sont autant de coupe-gorge, ..., un américain, ..., va,... un récit de voyage,... en recueil de contes,... violence de l'histoire. »

— C'est là que nous allons être hébergés ?

— Oui, oui, monsieur Gomé Jérémie, tu vas pouvoir apprécier une vue sur Grenade que peu de personnes ont pu goûter, une ville très particulière marquée par l'histoire !

Quand sa mère prononçait son nom d'abord avant son prénom, c'était vraiment qu'elle se laissait aller, qu'elle se sentait bien et qu'elle accordait beaucoup de considération à son fils ! Et elle répétait, avec beaucoup d'emphase, monsieur Gomé Jérémie, monsieur Gomé Jérémie ! Ce sera un beau voyage ! Et plus sérieusement, elle ajouta, oui, nous serons dans le logement de la guide qui, elle, partira quand nous serons installés. Mais en attendant, nous serons deux nuits dans le logement d'une de ses amies à Malaga.

Jérémie savait qu'il venait en Andalousie ; il avait bien tenté d'en savoir plus sur le voyage mais sa mère restait toujours évasive. Il avait tout de même bien observé la carte de l'Espagne, repéré la région andalouse, les villes principales, visionné quelques photos. Il faut reconnaître que sa mère ne lui avait pas laissé beaucoup de temps pour découvrir les lieux de destination.

Il avait entamé la lecture de l'ouvrage ; le premier chapitre lui donna l'occasion de découvrir des mots et des expressions en espagnol. Il découvrait les alforjas, les sacoches pendues sur la selle de la mule du muletier, la petite taille de celui-ci et la manière de saluer les personnes qu'il croisait sur les chemins escarpés : Dios guarde a usted ! Vaya usted con Dios, caballero ! Dieu vous garde ! Allez avec Dieu, cavalier ! Il commençait à découvrir les vastes sierras veinées de marbres, les sommets calcinés par le soleil sous le ciel d'un bleu très pur, les vallées fertiles et les jardins surgis du désert. Un mot revenait sans cesse de page en page : les Maures ! Ils auraient tant d'importance sur ce territoire ? L'écriture de Washington Irving emmenait Jérémie petit à petit vers des aventures au goût d'auberges misérables, d'étrangers, de cliquetis de castagnettes. Jérémie se mit presque à avoir faim quand il lut les provisions faites au fil des errances des héros : chevreau rôti, oranges, figues et du vin de Malaga si vanté par un mendiant qui racontait sa vie en désignant les ruines d'un château :

« Ce château était jadis habité par un roi maure, du temps des guerres de Grenade. La reine Isabelle lança contre lui une grande armée, mais le roi, du haut de son château perdu dans les nuages, la défiait avec mépris ! »

Jérémie venait de découvrir une expression intéressante qu'il nota dans un carnet : « L'homme altéré rêve de fontaines et d'eaux courantes, l'affamé, de banquets fabuleux, et le miséreux, de monceaux d'or enfouis ; rien n'est plus riche que l'imagination d'un mendiant. »

Il commençait vraiment à aimer cet ouvrage.

— Il y a vraiment eu des guerres à Grenade ?

— C'est au cœur de notre séjour, cher monsieur Gomé junior !

Jérémie resta dubitatif un moment, puis poursuivit sa lecture avec une attention redoublée au fil des pages.

Que des filles sémillantes dans cet ouvrage ! Il exagère l'auteur ?

Jérémie passait des contrebandiers à la découverte de la Vega de Grenade, la grande plaine fertile. Il apprit surtout que c'était la capitale mauresque, que « des tours vermeilles » s'y dressaient du nom de l'Alhambra, que les « sommets des sierras brillaient comme de l'argent ». Jérémie eut un moment de stupéfaction quand il lut : « Pour les voyageurs épris d'histoire et de poésie, l'Alhambra est un objet de vénération, autant que la Ka'ba, le sanctuaire de La Mecque, l'est pour tous les véritables pèlerins musulmans. »

Il n'avait jamais entendu parler de cette soi-disant merveille !

La forteresse Maure était passée aux mains des rois catholiques mais bientôt abandonnée, elle fut dégradée pendant des années avant de renaître.

Jérémie avait lu une partie de l'ouvrage ; il resta longtemps interdit sur une phrase : l'on pouvait monter vers l'Alhambra par une venelle tortueuse, « la calle de Gomeres », « du nom d'une célèbre famille mauresque » : « Gomé, Gomeres, tiens ! Des noms de famille qui se ressemblent ! C'est pour cette raison que ma mère me parle d'ancêtres ? » Décidément, ce voyage devenait intéressant.

Il reprit sa lecture. Il découvrait l'entrée de la forteresse appelée porte de la Justice, le grand vestibule et le porche d'entrée. Sous ses yeux, il lisait les mots entendus chez Cemile : les symboles, une main énorme et une clé étaient gravées dans la pierre. Et puis, la cour des lions avait-elle réellement existé ou était-ce l'imagination féconde de l'auteur américain capable de nous faire deviner des belles femmes brunes, beautés du harem et percevoir leur regard noir derrière des jalousies, ces trous par lesquels les belles pouvaient épier un peu de vie et goûter de leur asile aux festivités données par le roi ?

Jérémie buvait l'ouvrage : visiblement, il devenait captif de ses interrogations. Il avait fait deux pauses et avait somnolé un peu. Il fut rappelé à la réalité par un appel des haut-parleurs : cette fois, on allait embarquer pour Malaga. A peine le temps de s'installer que le pilote annonça l'atterrissage sur l'aéroport Pablo Picasso : il faisait vingt et un degrés, le soleil brillait. La Costa del Sol resplendissait de ses bleus et de ses plages.

Pendant deux jours, Myriam et Jérémie goutèrent au soleil encore doux du printemps. Un bain en matinée avant de parcourir la longue esplanade « le Paseo Maritimo » qui longe la jolie plage de la Carihuela à Torre Mollinos.

— Ce n'est pas pour nous baigner que nous sommes venus jusqu'ici ? L'endroit est bien agréable mais il faudrait commencer par lever le voile un peu sur mon histoire ! Par où on commence, maman ? Car il est temps de m'en dire un peu plus, il est temps cette fois !

— La ville de Malaga, nommée autrefois Malaka, la ville où on sale le poisson, est très ancienne. Fondée par les Phéniciens, envahie par les légions romaines et les troupes vandales, elle a été conquise par les arabes venus d'Afrique du nord.

— Ne remonte pas à Mathusalem quand même ! Tu l'avais dit à Hassan, ça, tu t'en souviens !

— Oui, mais c'est nécessaire de reprendre un peu le cours de l'histoire

— Je sais quand même que les migrations et les invasions ne datent pas d'aujourd'hui !

— Eh, non, lui dit-elle, mais les Nasrides, tu connais ?

— Euh ! Non, pas du tout mais sois brève !

— C'était un royaume de Grenade qui allait de Gibraltar à Almeria ! C'était à la fin de la grande période Al-Andalus, de domination musulmane. On le découvrira plus tard ; je t'expliquerai !

Ils déambulaient dans les rues qui s'enchevêtraient.

— En reprenant cette rue Santa Maria puis celle de S. Augustin, on arrivera à la Plaza Merced, reprit Myriam, le plan à la main. C'est une grande place... As-tu remarqué que quelqu'un nous attend !

— Ah bon !

En arrivant sur la place, elle désigna de loin un banc sur lequel un homme se tenait assis. Il était immobile, et regardait droit devant lui. Sa carrure était imposante. Ils s'en approchèrent...

— Mais, c'est bidon maman, tu te fous de moi, c'est une statue !

Myriam ne put s'empêcher de s'esclaffer !

— C'est la statue de Picasso, tu connais !

— Oui, un peu, mais !

— Tu vois, tout à côté, c'est sa maison natale ! C'est là qu'est né le plus célèbre des peintres. On va pouvoir admirer quelques œuvres, des gravures, des lithographies et même une peinture du père de Picasso.

A la sortie, Jérémie ne put s'empêcher d'interpeller sa mère :

— C'est super mais ..., je suppose que ce n'est pas pour me montrer Picasso que tu as insisté pour que je t'accompagne !

— Non, bien sûr, pas seulement, mais si tu as compris un peu l'esprit de ses œuvres, tu auras compris que le monde peut se voir sous plusieurs facettes, sous plusieurs points de vue qui déterminent une manière de le voir, de l'interpréter !

— Oui, mais … je ne comprends pas !

— S'interroger, c'est commencer à comprendre mon fils ! Viens, nous allons nous désaltérer ! Quand tu as vu la statue de Picasso, tu as bien cru voir quelqu'un ! Et tu as constaté que ta perception et tes attentes t'avaient leurré, n'est-ce pas ! La vérité n'est pas dans la réalité de ce que tu perçois, de ce que tu entends. Elle est dans les interprétations ! Tu comprends ?

— Pas vraiment, non !

— C'est pourquoi il était important que tu voies les œuvres de ce maître ! Toi aussi, au cours de ce séjour, tu vas découvrir des points de vue, pas des avis différents, non, des points d'où l'on voit…, et tu vas découvrir d'autres réalités et accéder un tant soit peu à la vérité !

— Ah !

Cela commençait à devenir de l'hébreu ! Jérémie voulait détricoter son histoire mais il s'aperçut qu'il était vraiment difficile de débrouiller les fils tant sa mère restait énigmatique.

Le lendemain, le 1er mai, au cœur de la fête espagnole, ils allaient rejoindre Grenade pour une entrée au cœur historique de l'Andalousie. Une nouvelle étape se profilait pour Jérémie.

# 8

La venue dans cette cité allait-elle enfin lui révéler les clés de ce voyage ?

Il allait pouvoir reprendre la lecture du conte de Washington Irving qu'il avait mis un peu de côté, il faut le dire. Il jetait de temps en temps un coup d'œil sur les paysages qui défilaient : les rangées d'oliviers garnissaient les collines et les monts jusqu'aux sommets. Le terrain aride ne semblait pas propice à une végétation luxuriante et pourtant ...

— Toutes les plantations qu'on aperçoit sont très anciennes, elles datent pour la plupart de l'époque romaine ; aujourd'hui, elles sont irriguées en permanence, intervint Myriam qui avait remarqué l'étonnement de son fils, et pourtant on ne voit pas l'eau. Cette maîtrise ne date pas d'aujourd'hui ; tu le constateras toi-même !

Inès, la guide qui avait accepté l'échange pour la Turquie, vint les chercher à la gare. Des mots de bienvenue, quelques embrassades et on mit les bagages dans le coffre de la voiture. Inès et Myriam se regardèrent plusieurs fois furtivement : chacune voulant deviner le profil de la personne qui allait habiter dans son propre logement pendant près de trois mois. Les barrières furent vite rompues par quelques sourires. La route contournait la ville et grimpait maintenant depuis plus de dix minutes.

— Nous n'allons pas entrer par la grande avenue de Colomb, la Gran via de Colón, c'est la grande avenue qui mène vers le centre ville mais nous allons passer par cette avenue, c'est la rue de la Constitution ; nous allons la quitter pour prendre la Carretera de Murcia, et contourner la ville par une des voies les plus anciennes, pour grimper et accéder à l'Albaïcin, c'est le plus vieux quartier de Grenade, vous ne serez pas déçus. Sur votre droite, c'est la grande plaine de la Vega, notre plaine fertile qui diminue au fur et à mesure que grandit Grenade.

La route grimpait maintenant et à chaque virage, on dominait encore davantage la cité. A la sortie d'un lacet, une grande bâtisse ocre, imposante, brillait sous les rayons du soleil.

— Oui, c'est l'Alhambra, notre grand témoin de l'histoire ! Beaucoup de cultures se sont croisées et même écrasées ici, on peut le dire ! C'est ici que les fiers monarques Nasrides de Grenade et leurs reines avaient guetté du haut des remparts l'approche des troupes chrétiennes bien avant l'an mil cinq cents !

Une véritable forteresse de couleur ocre avec des remparts garnis de tours carrées s'élevait au-dessus de versants à pic.

— Les Chrétiens, les musulmans, les guerres de Grenade ! pensait Jérémie ; c'est étrange tout de même, c'est comme si le monde montrait un cliché en négatif des actualités d'aujourd'hui ! Là-bas, ce sont les musulmans islamistes qui chassent les chrétiens, envahissent les territoires par la force, la sauvagerie et ici les chrétiens ont été les envahisseurs, les guerriers redoutables et féroces ! C'est vrai que dans l'ouvrage, les contes de l'Alhambra, on en parle, mais ce ne seraient pas alors entièrement des contes ?

Au loin, Jérémie pouvait observer la chaîne de montagnes ; il pouvait discerner des restes de citadelles faisant corps avec les parois rocheuses ; entre deux versants, Jérémie put reconnaître le Paso de Lope. Les mots de Washington Irving lui revenaient en tête : « c'est par un défilé escarpé, le Paso de Lope, que les armées chrétiennes se répandirent dans la Vega ». Il pouvait aisément imaginer les troupes, « les escadrons de l'envahisseur, bannières déployées dans un tintamarre de tambours et de trompettes ». Alors, vers l'ouest, c'était bien la ville de Santa Fe, la cité construite par les rois catholiques pour assiéger Grenade !

Et là, dans la proche vallée, c'était bien les terrains fertiles irrigués avec les eaux du Genil sur les bases des canaux d'irrigation construits par les Maures.

Du point de vue où il se trouvait, car c'était cette fois, bien un point de vue, Jérémie voyait l'histoire déplier ses cartes, ses intrigues, ses richesses et ses guerres.

Mais tout à coup, ce fut un coup de tonnerre qui l'ébranla : « Chrétiens, Musulmans ? Qui suis-je donc pour que ma mère me dise depuis le début de cette aventure que je vais à la rencontre de mes ancêtres ? Je serais musulman comme Cemile, pourtant ma mère et mon grand-père ne m'ont jamais rien dit ; ils n'observent même pas les piliers de l'Islam, pas même une prière par jour ! Il se mit à observer sa mère qui remarqua bien entendu le souci du jeune garçon.

La question de l'identité, par surcroît religieuse, va fouiller les êtres bien loin dans leur composition. C'est une affaire d'équilibre : une personne n'est-elle pas en somme une balance à elle seule, avec deux plateaux ? Placez sur l'un un indice longtemps méconnu ; il va peser au point de rompre la bonne harmonie initiale. Combien a-t-on vu de fils et de filles abandonnés, adoptés, rechercher leur père ou leur mère ? Et combien s'en sont trouvés encore plus déséquilibrés, à la découverte de traces écrites sur des bordereaux ou des cahiers restés longtemps secrets ! Si à l'identité d'hérédité vient s'ajouter l'identité culturelle et par surcroît religieuse, non seulement la personne concernée se voit modifiée, mais que dire de son image finale ? Jusqu'où le conflit peut-il aller entre sa propre image et celle adressée par les autres ? Sur la perte d'amis ? Sur la perte de soi-même ?

« Et ma mère, qui était-elle finalement ? poursuivait Jérémie, de plus en plus en réflexion. Elle ne m'avait rien dit ou presque. On venait de Syrie, ça, elle l'avait répété et répété des centaines de fois pour que je n'oublie pas sans doute, et le voyage n'avait pas été facile, ça, je l'avais maintes fois entendu aussi, pour passer la frontière en deux mille trois, juste l'année où la Turquie débutait ses négociations d'adhésion avec l'Union Européenne et un an après la prise de pouvoir par le parti A.K.P. Ce n'était peut-être pas un hasard ? Le voyage en voiture s'était achevé à pied pour passer la frontière entre la Syrie et le Hatay, province turque encore revendiquée par la Syrie. Avec quelles complicités ? Tout de même, pourquoi ma mère avait-elle tout fait pour ne pas dévoiler mon identité ? Elle travaillait en permanence, mon grand-père aussi ; et à chaque fois que l'identité religieuse était abordée, les deux parents semblaient esquiver ou reporter à plus tard des révélations. Et ce voyage vers l'Andalousie était-il préparé, bien plus qu'il n'y paraissait, depuis de longue date ? »

Cette fois, Jérémie eut la certitude d'être au cœur des nœuds bien souqués à délacer !

Myriam l'avait prévenu que ce voyage serait important mais de là à imaginer une rupture dans ses références, il y avait une marge entre les attentes, l'inattendu, le désirable, l'inadmissible peut-être à envisager !

Etait-ce la première ride qui venait de naître sur le front de Jérémie ?

— Sois patient, découvre d'abord, c'est un chemin qui va te mener tranquillement à qui tu es !

— Je vous ai réservé des visites de l'Alhambra, intervint Inès,..., bien sûr accompagnées par nos meilleurs guides ; ainsi, vous n'aurez pas à attendre et vous serez en bonne compagnie.

A l'approche d'un petit plateau, Inès montra une ruelle sur la droite :

— Regardez ici, quand vous redescendrez, l'arrêt de bus est là, vous prendrez cette ruelle, la calle Pagès vous mène au cœur de l'Albaïcin !

En effet, un dédale de ruelles semblait tisser sa toile entre des habitations qui tranchaient avec les quartiers d'où ils venaient.

— Toutes les maisons ici sont blanches ; c'est encore une marque de l'histoire ! Et très ancienne !

Tout cela commençait à devenir intrigant, d'autant plus qu'on continuait à monter jusqu'à atteindre le sommet de la colline. Inès arrêta sa voiture dans une petite pente. Le spectacle était grandiose : tout Grenade s'étalait à leurs pieds. L'Alhambra légèrement vers l'est, rayonnant sous le soleil, apparaissait presque minuscule maintenant ; la Vega s'étendait au loin jusqu'à rejoindre les montagnes. Au loin, les sierras, de vraies dents de scie, c'était bien vrai ! ...

Arrivés sur ce belvédère, le vent frais venu de la grande Sierra Nevada leur apporta un parfum dense, envoûtant : le jasmin était-il déjà fleuri ? Sur les patios intérieurs voisins, on pouvait en effet distinguer les grands pots sans doute sortis au grand air à la fin de l'hiver. Le feuillage abondant grimpait sur les poutrelles de bois et allait garnir rapidement les parois et offrir à ce lieu la fraîcheur et la convivialité andalouse. On avait construit toutes ces maisons sur le flanc de la colline. Le rez-de-chaussée offrait un espace de vie sur la rue alors que les étages supérieurs dominaient progressivement le paysage.

Inès les conduisit au logement. On entrait par la rue, puis on pénétrait dans un premier patio, puis un second avant de passer la porte d'entrée. Quelle ne fut pas la surprise de Myriam et de Jérémie ! De la pièce de séjour et de la terrasse, on pouvait admirer le quartier neuf mais aussi le vieux quartier de l'Albaïcin qui s'étendait par-delà une grande muraille, de terre et de pierres, haute de plusieurs mètres. Au loin, la Vega, Santa Fe, les sierras, et au sud, là en face, ce serait donc le passage, le défilé par lequel le dernier roi Nasride, Boabdil, vaincu par les catholiques, aurait regardé une ultime fois sa ville avant de la quitter par le sud vers les montagnes des Alpujarras. C'est donc là qu'il aurait exprimé sa douleur de partir, chantée dans les légendes sous le nom de « l'Ultime soupir du Maure », douleur ravivée par la réflexion de sa mère, Aïcha, pourtant si longtemps protectrice à son égard : « Tu fais bien de pleurer comme une femme ce que tu n'as pas pu défendre comme un homme ! »

Jérémie fut interrompu dans ses réflexions par la venue d'Inès qui les invitait à dîner.

Demain, il irait voir cette muraille gigantesque qui poursuivait sa course bien au-delà du regard. Il irait aussi découvrir ce quartier qui commençait à l'intriguer. En effet, tout près de la muraille, il avait aperçu un sentier aménagé et partant de là, bien d'autres qui serpentaient sur tout le versant : là, des personnes grimpaient mais elles semblaient disparaître au cœur de la terre ! Oui, il irait voir dès le lendemain !

# 9

Huit heures trente. Jérémie s'était réveillé. Le soleil brillait déjà sur la vallée. De la Sierra Nevada montait une brume rosée. Des bandes en damiers, se coloraient d'ocre, de vert pâle, de vert plus foncé, de jaune et même de rouge. Une odeur d'aiguilles de pin chaudes s'élevait le long des versants de la colline. Un lacet à droite, un autre à gauche et « me voilà devant un site à ne pas rater »! pensa Jérémie. Une petite chapelle du nom de San Miguel, petit-fils des grands rois catholiques Isabelle et Ferdinand, était érigée au haut de la colline. « Et tout là-haut, cette grande tour rougeâtre dans les jardins, c'est le Généralife alors, la résidence d'été des derniers souverains nasrides érigée au quatorzième siècle. C'est là que l'eau chante à tous les étages des terrasses, dit-on, ce serait le murmure des chants anciens dans les nombreux canaux et au travers des fontaines ! »…..

Il se mit à observer cette petite chapelle qui dominait presque l'ancienne résidence des souverains musulmans. « Deux réalités concrètes se font face et semblent maintenant bien vivre en harmonie, s'affichant comme deux symboles, l'un de la hauteur de la Chrétienté et de l'autre la magnificence de l'œuvre maure. »

L'histoire baignait-elle donc les individus jusqu'à l'imprégnation, jusqu'à la coloration géographique et culturelle. Il venait de découvrir ce qu'était la période Al-Andalus, cette période du treizième, du quatorzième et du quinzième siècle. Jamais il n'avait pensé porter des marques ou des stigmates de cette période ; tout cela était de l'inconnu. Pourtant, sa mère lui avait bien dit qu'il était question d'ancêtres proches et lointains ! Avait-il à voir avec les envahisseurs catholiques de l'époque ?

Ses ancêtres avaient-ils eu à se défendre, à se cacher ? Il était venu pour le savoir, un peu contre son gré au départ, mais maintenant, du sol de cette colline énigmatique, il voulait déterrer ses racines, enfin respirer l'humus ancestral !

Tout en contemplant le panorama, il se promit de revenir en ces lieux, car, se dit-il, « voilà un lieu pour rencontrer des jeunes, pour s'ancrer aussi dans le présent ; au vu des bouteilles et des canettes jetées là, il doit y avoir foule ! J'y viendrai à la tombée de la nuit ! D'ailleurs, je crois avoir aperçu quelques jeunes hier soir ! Donc ce soir… ! »

Il revint prendre un petit déjeuner. Voyant sa mère très occupée à lire des ouvrages, sans doute pour se documenter avant de pouvoir accompagner une autre guide et de pouvoir elle aussi à son tour accompagner des groupes, il indiqua qu'il allait explorer un peu plus les environs, d'autant qu'il avait aperçu des personnes grimper la colline et disparaître avant le sommet.

Il descendit une ruelle très abrupte, parvint au niveau de la grande muraille. Elle avait été percée pour offrir un passage aux habitants de ce haut quartier. Le mur de près de cinq mètres de hauteur semblait rivaliser par la taille et par son implantation en altitude avec la cathédrale de Grenade. Ici, pas d'or dans les murailles : que de la terre, de la brique, du conglomérat, toute l'humilité du matériau semblait contraster avec la cathédrale au loin. Il voyait de ses propres yeux ce mur d'enceinte datant de l'époque nasride, dernière enceinte de protection construite autour de la ville ancienne. En contrebas, en existait une autre, la muraille construite par les Zirides, la muralia Ziri, encore plus ancienne, datant du onzième siècle. Les maisons se différenciaient d'avec les immeubles s'élevant au loin. Ce quartier avait l'air très ancien. Les rues ressemblaient aux ruelles marocaines, tortueuses, murées et étroites, escarpées, grimpant de la rivière le Darro, du pied de l'Alhambra, mais cela, Jérémie ne le savait pas encore. Pour l'instant, il promenait son regard. Tout à coup il vit un jeune adulte, d'assez grande taille, monter nonchalamment le sentier, un sac de plastique noir à la main, un carton soutenu sous l'autre bras. A sa surprise, ce jeune disparut de son champ de vision. C'était la seconde fois que cela se produisait. Jérémie s'approcha. Il vit d'autres personnes monter la côte par divers sentiers, et disparaître à leur tour. Cela devenait curieux ! Il descendit et aperçut des tôles. Deux poteaux et une toile faisaient obstruction. Encore plus à droite, une autre ouverture semblait mener assez loin sous terre. Ce qui ne pouvait paraître qu'un trou de cabane s'avérait être l'entrée d'une habitation souterraine. Des maisons ? Qui sont donc les habitants de ces trous, de ces taupinières sans buttes ? Il n'avait vu monter que des gens de couleur, comme lui, mais surtout des gens qu'il aurait appelé naturellement « des noirs ! » ; alors c'étaient eux, les vendeurs à la sauvette, c'étaient eux ! Pauvres gens à la recherche d'un trou pour faire la sieste, pour dormir ! Un trou pour être à l'abri des intempéries. L'un d'eux dormait déjà dans l'herbe poussiéreuse sous l'effet des premières grandes chaleurs. Plus loin, quelques moutons et chèvres broutaient. Les hôtes de ces lieux souterrains semblaient de plus en plus nombreux. Pourquoi étaient-ils venus ici ? S'ils y étaient, c'est qu'ils étaient partis de quelque part, c'est qu'ils avaient quitté une région, un pays, mais oui, tous les jours, il entendait que des jeunes avaient passé les frontières, qu'ils avaient choisi un lieu où se cacher, pour ne pas être parqués dans les camps soi-disant humanitaires ! C'était donc eux ! Car il y avait des jeunes en tout genre, de nationalités sûrement différentes. Eux, ils étaient partis ; lui, était en voyage ! La différence était énorme ! On aurait même dit, oui, le mot lui venait à la bouche, c'était plus fort que lui, oui, des Roms, non, ce n'était pas le terme exact, on aurait dit, oui, des gitans voilà le mot recherché, c'était ça, des bohémiens, des gens venus d'ailleurs, de loin, des moins que rien !

Tout autour de lui, il y en avait ! Des trous partout, des cheminées qu'il n'avait pas vues lui apparaissaient encore plus nombreuses au fur et à mesure qu'il se retournait.

Il revint donc assez rapidement à l'appartement et ne put s'empêcher de dire à sa mère qu'ils étaient situés tout près d'un camp de gitans, mais alors des gens bizarres, enfouis dans la terre, oui !

— Oui, des troglodytes ! Comme il en existe en Turquie et bien ailleurs et sais-tu à quoi elles ont servi, ces habitations, bien souvent ?

— Euh !

— De refuges quand des populations étaient poursuivies, bien souvent pour des raisons politiques ou religieuses !

— Oui, mais maman, si tu les voyais !

— Il est temps que je t'explique certaines choses !

— Ah ! Enfin !

Myriam commença ses explications, prit un ouvrage à la main, puis un second. C'est une longue histoire, je vais simplifier mais tu pourras approfondir, dit-elle en montrant le guide de l'Andalousie et surtout un vieil ouvrage intitulé : « Les Tsiganes dans l'ancienne France » de François De Vaux De Folletier. Cela remonte à l'Antiquité. On dit que des peuples venus du nord-ouest de l'Inde, sur les rives de l'Indus ont quitté cette région. Etaient-ils en conflit avec les voisins musulmans, ont-ils quitté ce territoire pour cause de famine ? On leur attribue parfois l'invention du bronze à la période de la préhistoire. On les dit aussi descendants des sujets des pharaons d'Egypte. C'est par la langue que des études ont été réalisées et elles confirment bien leur origine indienne. On les appelle par des noms différents : Tsiganes, Tartares, Bohêmes, Manouches, Rom, oui, des Roms, tu vois on est en pleine actualité. On les a appelés aussi Romanichels, Gypsises, Zingari, Gitans, mais tous ont leur langue qui descend d'une langue d'Inde et proche du sanscrit. Tu sais ce que c'est le sanscrit ?...

— Non !

Cette fois, Jérémie était vraiment à l'écoute, allez savoir pourquoi !

— C'est une des plus vieilles langues du continent indien. C'est particulièrement au huitième et au neuvième siècle que l'on peut situer leur exode. De leurs pérégrinations, ils ont laissé des souvenirs de leurs activités : la danse, la musique et la divination mais concrètement ils ont été connus pour le travail des métaux : chaudronniers, forgerons, cloutiers. Partout où ils vont passer, ils seront protégés par les rois, par le royaume de Venise même. D'autres resteront esclaves comme en Roumanie ; là, les tsiganes ne seront libérés qu'en mil huit cent quarante quatre et mil huit soixante quatre par les ordonnances princières.

— Tu as bien dit mil huit cents, tu ne t'es pas trompée ?

— Non, non, un peu plus d'un siècle seulement ! Tu vois, ces peuples ont migré, ils sont partis, on pourrait même dire qu'ils ont toujours été en partance. De fuite en fuite, ils ont côtoyé d'autres peuples, donc d'autres langues, d'autres façons de faire. Ils ont été parfois convertis de force à l'islam, à la religion chrétienne suivant les dominations. Mêlés aux pèlerins et considérés comme des pèlerins parfois, ils ont pu bénéficier d'aumônes au quinzième siècle. Parfois habillés en guenilles, les hommes pouvaient aussi afficher la tenue de gentilshommes. Par petits groupes pouvant même dépasser la centaine de personnes, dirigés par un chef se disant duc d'Egypte, ils ont cheminé. C'est au quinzième siècle qu'on les retrouve en Espagne.

— Tu es si longue que je vais finir par croire que je descends des gitans, intervint Jérémie, tout à l'écoute mais un brin intrigué par tant de véhémence de la part de sa mère qui poursuivait sans vouloir interrompre cette explication.

— En mil quatre cent soixante deux, on trouve leur trace à Jaën, comme en France, mêmes dates. Retiens, le nord de l'Espagne est catholique. Jaën se situe à la limite du royaume de Grenade et de l'influence catholique. On peut dire que les gitans, appelons-les gitans, ont baigné au cœur de cultures différentes. Le royaume musulman nasride de Grenade était au sommet de sa renommée et de sa richesse financière et culturelle. A proximité des catholiques et aussi sous leur protection, par tradition, les gitans se sont nourris de formes culturelles différentes, des chants, des rythmes. Regarde-nous, tu vois, en Turquie, on copie un peu les autres, pour ne pas nous faire remarquer, pourtant on garde nos petites habitudes !

Jérémie se montra encore plus attentif d'autant qu'on était revenu au sujet de l'Andalousie. Alors Myriam continua :

— Il existait aussi une autre communauté, juive celle-là, importante, implantée à Grenade. Alors imagine ces populations gitanes au carrefour de toutes ces cultures. Ces gitans vont assimiler ce folklore et inventer le cante jando, le chant profond, le chant flamenco dans sa plus grande pureté. Bien sûr, il a changé, mais on peut en écouter, tout près d'ici. Dans ces troglodytes, sur ce versant même, tu vois, des gens sur lesquels tu t'interrogeais, eh bien, certains se produisent avec guitare ou sans guitare. On en verra même quand on va descendre, mais dès demain, on peut aller voir ce qu'est devenu le refuge des gitans : c'est juste de l'autre côté du versant, le Sacromonte. Le chant est actuellement chanté dans des salles mais depuis un siècle seulement.

— Comment elle est cette musique ?

— Elle est variée suivant les villes et la région, mais on ressent beaucoup de souffrance, beaucoup de mélancolie, la plainte des exclus peut-être. Les harmonies sont inhabituelles et le chant reste le cœur de la musique. Il y a aussi la danseuse bien sûr, c'est impressionnant !

— Et les Noirs dans tout cela ? Ceux que j'ai vus sur la colline !

— Ceux-là sont peut-être arrivés hier ou depuis quelques semaines, mais ne projette pas sur ces gens un regard négatif ; ils viennent d'arriver, pas en avion, eux non, après des trajets bien difficiles. Dans deux ans, ils seront cuisiniers, peut-être chefs d'entreprise en informatique ou médecins ! Ne juge pas sur la mine, pas toi ! Et pour ta culture, sais-tu que beaucoup de noirs étaient esclaves des « maures » pendant la riche période musulmane ; quand les rois catholiques les ont vaincus, ces derniers ont quitté l'Andalousie pour l'Afrique en abandonnant leurs esclaves « noirs » qui sont venus se réfugier dans les grottes de ce versant. Tu vois, les trous se remplissent aisément et le monde crée ses réfugiés à toutes les époques !

— Et nous, on a quelque chose à voir avec ça... ? J'y comprends plus rien ! Les maures, les catholiques, les gitans, les Roms, les noirs, il va vraiment falloir accélérer le processus, maman, car cela devient pénible ! Tu me brouilles les pistes ou alors ce que tu as à me dire relève de l'inconcevable ?

— On a beaucoup à voir avec tout ici, avec tout ça, pour nous, pour ton grand-père absent, pour toi, pour moi ! Mais tout cela est si complexe !

# 10

Jérémie attendit impatiemment la soirée pour aller à la rencontre de jeunes. On lui avait dit qu'une foule escaladait la colline et venait sur l'esplanade, s'asseoir sur un muret en bordure du val.

Il arriva vers vingt heures ; quelques garçons et filles avaient déjà posé sacs, sachets et canettes à proximité d'eux. Ils s'aperçurent de sa présence et de son envie évidente de s'intégrer à un groupe. Tout semblait bon enfant

— Tu es d'ici ?

— Non !

— Nous non plus, viens avec nous si tu veux !

C'était une belle entrée en matière dans la langue espagnole ! Il allait s'y frotter cette fois !

Les jeunes venaient des régions d'Espagne découvrir le lieu. Un endroit mythique pour ses couchers de soleil !

Ceux de Turquie sont magnifiques sur le Bosphore, pensa Jérémie, mais on lui promit quelque chose de surprenant.

Jérémie n'avait rien apporté ; il se sentit un peu gêné quand les amis du moment lui proposèrent coca ou bière. Il ne put refuser. Les conversations allaient bon train. Les mots en argot arrivaient fréquemment dans la conversation et il était obligé de demander de temps en temps ce que ça voulait dire. Après bien des blagues et des sourires, on lui demanda d'où il venait. Il perçut une certaine méfiance. Le mot Turquie évoqua beaucoup de mimiques ! Les questions fusèrent : les réfugiés, le régime politique, la presse. Il fut méfiant comme lui avait expliqué sa mère : la confiance oui, mais il fallait toujours être aux aguets ! Les jeunes sentirent cette gêne et lui dirent franchement ce qu'ils pensaient sans chercher quoi que ce soit en retour ; il apprécia.

Les minutes passaient. On sortit les appareils photos ; un garçon un peu plus âgé installa un appareil sur trépied et commença à cadrer l'endroit qu'il jugeait idéal au vu de la descente du soleil vers l'horizon. En moins de quelques minutes en effet, le ciel s'embrasa. La sphère rouge semblait s'être flanquée contre l'arête rocheuse. L'Alhambra commençait à se dorer, les dents de scie des montagnes, mises à feu sous le soleil, rougeoyaient. Le jaune vermillon s'accentua, cependant qu'au premier plan, les parois rocheuses se teintaient de la couleur d'ébène. Il ne resta bientôt qu'un point jaune qui s'engloutissait dans les horizons. Au-dessus, le rouge feu, le violet et l'orangé éclairaient encore le ciel. A deux pas, les façades réveillaient leur blancheur, éclairant alors l'avant du tableau, car c'en était vraiment un. Le silence régnait sur la crête. Les jeunes filles et les jeunes garçons se serraient les uns contre les autres dans une apparente parfaite communion. Jérémie pensa bien à Cemile et tenta plusieurs photos ; il en était toujours déçu. Un des jeunes à l'appareil plus perfectionné lui proposa l'envoi d'une des siennes. Sitôt dit sitôt fait. Au moins il aurait partagé quelque chose avec son amoureuse, lui aussi, avec un petit smiley, un petit cœur.

Oui c'était beau à voir. Il reviendrait encore.

C'est un chien, puis un autre, qui brisèrent le silence de terrasse en terrasse. On aurait dit qu'ils se passaient le mot comme des veilleurs de nuit. Alors débuta une orchestration d'aboiements. Chacun avait son propre instrument de petite ou de grande taille et cela résonnait dans la nuit d'une drôle de manière. Le gros chien à tête de bugle que Jérémie avait aperçu voulait se faire entendre des quartiers en contrebas, et là-haut, les roquets, les chiens à tête de cochon gueulaient à tout crin contre tout ce qui bougeait. Ils aboyaient faux, ils ne savaient sûrement pas pourquoi, mais la concurrence les entraînait vers des prises de gueules à s'étrangler ! Ils sortaient d'où tous ces chiens ? Jérémie en avait aperçu seulement deux ou trois dans la journée mais cette fois, ils apparaissaient comme des fantômes au cœur de la nuit. Etait-ce la cavalerie des Maures dissimulée dans les cavernes des hautes montagnes qui réapparaissait comme l'avait écrit Irving ? On disait qu'elle vivait, recluse dans les profondeurs de la terre, en attendant un possible retour à la patrie. Etait-ce ce bruit de tonnerre entendu régulièrement la nuit ? On racontait encore, ici, à Grenade, que les Maures mettaient leurs armées en route pour remonter les vieilles ruelles en direction de l'Alhambra. Profiteraient-ils du sommeil innocent des descendants catholiques pour revisiter les lieux de leurs ancêtres, les cavaliers du roi Boabdil ? Ils verraient ainsi chaque jour, les fontaines, les plans d'eau, les décorations en stuc de la forteresse et du palais ?

C'est un âne tout proche qui sortit Jérémie de ses songes, l'âne Margoton qui brayait tous les matins près de l'église Saint Miguel.

Sa mère avait pu observer le soleil couchant de la terrasse. Jérémie ne parla pas des cavaliers souterrains ni des chiens pourtant le nombre des gardiens de la nuit l'intriguait. Aurait-il une réponse un jour ? La peur, les vols ?...

Mais demain, ce serait la découverte tant attendue du joyau de Grenade, l'Alhambra à moins que ce soit le Sacromonte et le quartier des gitans ! Il allait en savoir plus ! Enfin !

# 11

Pas de petit déjeuner à l'appartement, avait presque dicté sa mère, ce serait en ville ! Ils descendirent à nouveau les marches depuis le sommet de la colline, descendirent une vieille rue en pente, la Cuesta el Chapiz. Ceux qui montaient marquaient une pause tant la déclivité était importante. Myriam désirait s'imprégner, disait-elle, des vieilles ruelles de Grenade. Ils arrivèrent droit sur le Darro : c'était un véritable sillon entre deux quartiers historiques : d'un côté l'Albaycin, le vieux quartier maure aux maisons blanches et sur l'autre versant la citadelle rouge de l'Alhambra. Jérémie n'arrêtait pas de regarder sur sa droite les immeubles anciens imposants et les derniers couche-tard de la nuit qui dormaient à même le sol près du lit du Darro.

— C'est ici qu'on déjeune, intervint Myriam, en se retournant.

Le restaurant « RAS » au numéro 6 affichait « Desayunos » en grandes lettres près de la porte ; une spécialité de Grenade : cafe solo et tortilla patatas, patatao omelette, faite maison ! Passer du Bosphore au jambon Serrano, Jérémie entrevoyait bien un lien touristique mais sa mère ne l'avait pas intimé de venir à Grenade pour déguster une omelette ! Il se tut tout de même. Elle ajouta :

— Quand on arrive dans une ville inconnue, il faut savoir se perdre, jusqu'à se laisser envoûter par les lieux !

— Dit comme cela, ça cache quelque chose !

On les invita à s'asseoir sur des fauteuils dont le dossier et les sièges cloutés étaient en cuir, de Cordoue, sans aucun doute. Le plafond affichait ses années du haut de ses larges planches doublées de fines lamelles. Au mur, des assiettes bien anciennes, des entonnoirs, des bassines en cuivre témoignaient d'un riche passé. Un grand bar conduisait vers la salle du restaurant. Dans l'ombre, une dame était assise et gribouillait sur un carnet, une page puis une autre. Elle regardait de temps à autre, par la fenêtre, les assises de l'Alhambra. Alors qu'il dégustait l'omelette célèbre, Jérémie vit un homme de grande taille pénétrer dans le café, commander au bar et attendre. Sa mère se retourna et regarda vers le nouvel arrivant. Curiosité, Attente ? La patronne du restaurant avait répondu à ce monsieur par un grand sourire, lui avait tendu les deux mains et quittait maintenant le bar pour venir discuter avec le nouveau venu. Pas une conversation marchande mais teintée d'intimité, cela se voyait. Elle semblait manifester beaucoup d'admiration à l'égard du nouveau client, qui entre quelques mots, sirota son café. Un habitué, quelqu'un de connu ? Celui-ci semblait interroger la dame qui l'invita de la parole et des mains à pénétrer dans la salle. Jérémie vit ce grand monsieur approcher. Il portait un grand chapeau noir aux larges bords patinés par le temps. La lumière du lampadaire aux multiples branches vint éclairer son profil. La chevelure dépassait l'oreille et se prolongeait par d'épaisses rouflaquettes frisées. A voir marcher ce grand gaillard, on savait qu'il était attendu ! « Il cherche un ami ou une amie, c'est sûr ! pensa Jérémie. « L'écrivaine assise à côté, il n'y a qu'elle ! Et leurs tenues sont respectivement originales ! Mais non, que se passe-t-il ? Ma mère regarde vers le nouveau convive, semble s'agiter, hésite, pose sa tartine, croise mon regard. Voilà qu'il ralentit sa marche: Il est vraiment de grande taille ! Combien peut-il mesurer, un mètre quatre vingt quinze ou plus. »

Les grandes enjambées ont entamé un ralenti au niveau de la table. Des regards croisés, quelques mots de présentation ; il est venu de la part de l'agence pour les accompagner dans une première promenade à travers Grenade. Il présente un petit dossier à Myriam. Il demande la permission de s'asseoir.

— Mon fils Jérémie !

— Ah ! Bonjour et bienvenue, jeune homme ! Tu es venu finalement, c'est bien ! C'est très bien !

La parole est claire, posée ; le timbre de voix est grave mais pas disgracieux ; au contraire, la voix est ronde, gouleyante. Elle résonne dans la pièce.

Jérémie ne peut s'empêcher de s'interroger :

« Il était donc au courant, lui aussi des démarches de ma mère ! Qui d'autre encore était au courant ! Pas l'écrivaine d'à côté, perturbée un instant ! Elle a observé par-dessus ses lunettes ; la visite n'est pas pour elle, alors, elle les a replacées correctement puis elle a continué à observer attentivement, comme Jérémie, le grand chapeau mais aussi le visage qui se dévoile suivant l'éclairage. »

Jérémie a remarqué le regard insistant de ce grand monsieur. Est-il surpris ? Que recherche-t-il ? Un acquiescement ? A quoi ?

— Un petit tour en bus dans la ville, pour s'égarer, avait-il dit.

« Tiens, les guides internationaux ont la même formation. S'égarer ! Pour mieux se créer ses propres chemins de découverte ! S'imprégner des rues, des parfums, des essences, des bruits. » Cela, il l'avait entendu maintes fois, la ressemblance des propos ne pouvait échapper à Jérémie.

— Une ville ne vit pas comme une autre ; c'est aux bruits et senteurs que l'on peut juger de sa tranquillité et de sa richesse.

Il propose la visite du Sacromonte et puis une pause sur une place particulière.

— Sur la place Aliatar, ça a l'air bien, il y a même des musiciens !

« Pourquoi me suis-je hasardé à dire cela ? Ma mère est surprise mais plus encore ce grand guide. »

— Tu repères rapidement les endroits sympathiques, toi, dis, Jérémie, c'est bien ça ! Eh bien soit ! Et après je vous réserve une surprise !

Sitôt sortis du restaurant, Jérémie redemanda le nom de ce guide à sa mère. A vrai dire, il ne l'avait pas entendu, fort surpris de son arrivée presque inopinée. Sa mère ne lui disait donc pas toutes les démarches entreprises. Le monsieur présenta son badge et le contrôleur du bus invita Myriam et son fils à monter aux premières loges de ce petit train tout en saluant le grand guide, poliment, avec admiration, presque obséquieusement. Qui était donc ce personnage ?

Sur le badge épinglé il lut le nom de l'agence avec un caractère spécial mais pas de nom !

— C'est ..., répondit Myriam.

Le petit train venait de démarrer et le nom fut une fois de plus avalé par le bruit du moteur. Ce n'était pas qu'il pétaradait mais Jérémie devrait attendre, et puis, quelle importance, pensa-t-il, un guide c'est un guide, à partir du moment où il nous fait bien visiter, découvrir la ville au point de nous égarer ! Enfin pas trop quand même, il faudrait se repérer pour retourner en haut de l'Albaycin !

# 12

Le petit train quitta la Plaza Nueva par la rue del Darro. Le véhicule serpentait la ville. Soudain, le guide tendit un bras : c'était un membre presque démesuré ! Jérémie sentit un parfum, une forme d'essence inconnue. A main droite, Jérémie vit l'indication Camino del Sacromonte.

— C'est par là, le quartier des gitans.

Le petit train crachotait ; il vira sur la gauche à la Plaza San Salvador. Un arrêt ! Jérémie en profita pour aller lire lui-même l'histoire de cette bâtisse. Tous les indices étaient bons à prendre car il percevait bien qu'on ne lui présenterait pas toutes les cartes sur un plateau ! Oui, encore une église construite en 1501 sur une mosquée et pas la moindre, la plus haute de cet Albaycin !

— C'est qu'il y avait des mosquées ici ! remarqua seulement le guide.

Etait-ce un ton de reproche, un constat, un émerveillement ? Difficile à dire. De temps en temps, entre deux silences, Jérémie sentait le regard de ce grand guide se poser alternativement sur lui et sur sa mère.

— Et tout ça ne s'est pas passé sereinement, je suppose ! interrogea Jérémie d'un ton un peu narquois.

Le guide le regarda plus fixement :

— Ici vivaient des musulmans. Quand Isabelle de Castille et Ferdinand d'Aragon, devenus les rois catholiques, sont venus avec leur armée, ils ont dans un premier temps en 1492, autorisé la minorité musulmane, comme d'autres minorités, à conserver sur le sol espagnol leur foi et leurs coutumes, mais ces accords ont été abrogés et on demanda aux musulmans de se convertir au catholicisme, presque de force ! Ils avaient nommé cela la *pragmatique sanction* en 1502 !

— Et, il n'y a pas eu de résistance ?

— Oh, si, bien souvent, ce n'étaient que des conversions apparentes, de surface, une évangélisation ratée ! Oui, il y eut des révoltes nombreuses de morisques, les convertis, sur ce lieu, en 1568, des révoltes menées depuis les Alpujarras, les montagnes proches du sud de l'Andalousie. Mais en 1571, Philippe II étouffa la révolte dans ce sud d'Andalousie et ce fut leur expulsion du royaume.

Pourquoi ce guide insistait-il tant sur ces conversions forcées, sur ces révoltes ? Etait-il musulman pratiquant ? Islamiste ? Il n'en avait pas l'air mais ...Jérémie hésita à l'interroger davantage ! Peut-être la faute à sa mère qui demandait toujours la discrétion ! Il faudrait pourtant !

Le silence devenait impressionnant au milieu de toute l'agitation qui les entourait. Il prenait sens. C'était comme un point-virgule dans une phrase, la détente provient après le silence imposé. Jérémie l'attendait cette détente, cette révélation ! Mais comme toujours, le silence était le temps essentiel, le tempo même du déroulement d'une histoire. Il finissait par devenir oppressant ! Fallait-il répondre quelque chose ? Jérémie n'avait peut-être pas tout compris ? Les morisques, les révoltes, le carnage, hier et aujourd'hui, c'était l'envers du décor ! Les chrétiens poursuivis en Orient, assassinés ! C'était pour cela alors le silence, pour saisir le sens véritable des mots et des contextes ! Quand la religion s'allie au pouvoir d'Etat, elle n'est plus croyance intime mais conquérante et dangereuse. Oui, le monde atteignait à nouveau un point culminant dans sa dynamique des trous noirs, dans ses forces ténébreuses ! Cinq cents ans d'écart et tout recommençait !

Le guide du jour se taisait. Etait-ce la clé du dialogue ! Après tout, il avait peut-être raison!

Le petit train atteignit l'église San Nicolas, première église construite sur une mosquée. Un vrai mirador sur l'autre versant : l'Alhambra jaillissait de l'ombre. Ce n'était pas un pain d'argile mais une forteresse imposante.

Jérémie regardait sa mère. Aucun commentaire ; elle semblait rêver et se laisser porter. Tout à coup, elle tourna la tête dans la direction opposée, regarda avec insistance.

— Quelque chose ne va pas, interrogea le guide

— Si, si, ..., ça va,..., oui, Ouri, mais,..., mais j'ai cru reconnaître, ..., voir quelqu'un, quelqu'un que je n'ai pas vu depuis longtemps ! Ce n'est pas possible ! Non, ce n'est pas possible !

— Et ce quelqu'un ? Tu connais des personnes ici, Myriam ?

Comment avait-elle dit ? Ouri c'est ça !

Silence ! Encore un ! Jérémie venait d'entendre la brève conversation ! Sa mère aurait identifié quelqu'un ! Elle regardait encore vers un point précis sur un terrain à l'apparence de jardin : c'était une bâtisse aux allures de mosquée.

— J'ai dû rêver, poursuivit Myriam, pourtant un peu étonnée et encore intriguée.

Ils marchèrent un moment, descendirent des ruelles magnifiquement empierrées ; en effet, chaque pierre semblait avoir sa place dans un rond ou un demi-rond ; en tout cas, Myriam ne regrettait pas d'avoir chaussé ses baskets. Ouri, lui, portait de grosses sandales de cuir noir, solides, sans fioritures mais bien ajourées. De sa démarche pesante, il en ressortait presque de l'allégresse. Il montrait les ruines des murailles Zirides ; il y en avait partout !

Les ruelles serpentaient la colline dans tous les sens. Des trésors architecturaux apparaissaient à chaque angle de rue ; les carmen, les jardins historiques, se laissaient entrevoir derrière les solides portes un peu ajourées. Jérémie commençait à aimer ces décors.

Dans la gran Via de Colon, les grandes boutiques dévoilaient leurs meilleurs produits à la mode. Au bout de l'avenue Colon se dressaient de grandes sculptures en bronze montrant la reine Isabelle acceptant les propositions de Christophe Colomb : l'expédition vers les Amériques.

Jérémie commençait à s'impatienter : « Le commerce, la religion, la royauté, c'est bien joli, ces histoires, mais j'aimerais aller au but, on ne va tout de même pas remonter à Christophe Colomb !»

Le petit train poursuivait sa chevauchée mais cette fois, le décor changea du tout au tout :

— Ça ressemble un peu à la Turquie ici, osa Jérémie ; le cuir, les poufs, les foulards, les odeurs d'encens..., le thé sur les tables ! On se croirait chez nous !

Sa mère le regarda, encore silencieuse. C'est alors qu'il vint la provoquer !

— Mes ancêtres ont connu cette rue, telle qu'elle est, certainement et ils faisaient du commerce, ici, bien sûr, là, à gauche en montant !

Myriam restait de marbre tout en le regardant. Ouri intervint :

— Dans la vieille Grenade du quinzième siècle, ici, c'était le quartier juif millénaire ; il existait bien avant l'arrivée des arabes au huitième siècle ; les gens ont vécu, ici, ensemble,

Il séparait les mots volontairement en les accentuant,

— En paix..., pendant des siècles..., contribuant à une prospérité sans égal, et à un développement du savoir de renommée mondiale.

Les mots étaient dits avec tant d'insistance que Jérémie y vit un début de confidence !

— Mais..., en mil quatre cent quatre vingt douze, hélas, après des volontés royales de conversion à la religion chrétienne, parfois sous protection même de juifs, la décision fut arrêtée par un décret dit de l'Alhambra !

Décidément, ici à Grenade ce n'était qu'affaire de religions, pensa Jérémie qui commençait malgré ses intérêts pour l'histoire à trouver les déclarations du guide un peu lassantes. Il écouta tout de même ; c'était un texte appris par cœur, cela se sentait :

— « Nous avons décidé d'ordonner à tous les juifs, hommes et femmes, de quitter nos royaumes et de ne jamais y retourner (il laissa un silence encore puis prononça clairement)...à la date du 31 juillet 1492 et de ne plus rentrer sous peine de mort et de confiscation de leurs biens ».

— Et que sont-ils donc devenus ? interrogea Jérémie qui, du fait du ton employé par le guide, reprit beaucoup d'intérêt au sujet abordé.

— Fuir, c'est tout ce qu'ils avaient à faire ? Que peut-on faire devant une expulsion et quand elle s'assortit de la peine de mort ! Certains se sont convertis, les conversos, mais la communauté juive a fui pour la plupart vers le Maroc, le pourtour méditerranéen, l'Empire ottoman, l'Italie, les Pays-Bas.

Pendant ce temps, Myriam regardait alentour et acquiesçait en hochant de la tête.

— Tu connaissais cette histoire ? demanda Ouri à Jérémie.

Voulait-on lui faire comprendre quelque chose. Mais quoi ?

— Non, je savais que les juifs avaient beaucoup migré, qu'il y avait une grande diaspora ; j'ai lu qu'il y avait des juifs séfarades et d'autres ashkénazes ? Ici, c'était plutôt des séfarades si j'ai bonne mémoire.

— Et comment as-tu appris cela, interrogea Myriam un peu intriguée.

— C'est à l'école, il y a un élève qui dit que ses ancêtres étaient juifs ; alors on lui pose des questions de temps en temps mais pas avec tout le monde, il dit qu'il doit faire attention, même dans la rue.

— Bon, assez d'histoire pour aujourd'hui, interrompit Ouri, reprenons le train !

C'était comme « Fermez le ban ! », « Terminé ! »

Pourtant Jérémie avait le ressentiment profond d'être de plus en plus au cœur du sujet.

— Nous arrivons Plaza Aliatar. Nous serons bien à l'ombre à siroter une boisson !

Le guide commanda una cana de cerveza, Myriam se laissa tenter par la bière et Jérémie choisit un coca.

Les boissons arrivèrent sur un plateau garni de petites soucoupes remplies de gourmandises : les tapas.

Ouri demanda la carte de restauration rapide. Myriam choisit un plat de poissons Jérémie montra du doigt les plats de la table voisine sous le regard réprobateur de sa mère.

— Des berenjenas, c'est délicieux ! conseilla Ouri. Ce sont des aubergines frites, d'une saveur exquise, tu veux ?

Bientôt, un monsieur arriva avec sa guitare, puis un autre. Ils se répartirent, semble-t-il, la place. Un musicien assez jeune, la trentaine, queue de cheval et chemisette à fleurs allait s'installer près d'eux, le pied sur un tabouret quand il aperçut Ouri. Il sembla un peu gêné mais pourquoi ? Le musicien vint vers lui et courba le tronc avant de le saluer. Qui était donc ce guide que tout le monde saluait avec respect ?

Le musicien entama un chant rythmé, presque saccadé à donner envie de frapper du pied et des mains.

Ouri applaudit la courte prestation du musicien qui sembla filer sitôt son tour de chant achevé.

— Il a débuté il y a quelques années mais il progresse bien !

En quoi se permettait-il de donner cet avis, ce monsieur Ouri ! Aux yeux de Jérémie, Ouri devenait sur l'instant quelqu'un de prétentieux ! Il savait tout sur tout et voilà qu'il se permettait d'émettre un jugement de valeur sur un musicien ! S'il venait jouer, c'est qu'il savait jouer de l'instrument et chanter quand même !

— Et maintenant, prêts pour le Sacromonte ! On y va !

Cette fois, Jérémie vit le grand sourire délicat d'Ouri qui, pour la première fois, ouvrait une bouche bien détendue qui laissait apparaître de grandes dents blanches.

Jérémie lui répondit par un sourire cependant que Myriam plissait les yeux et regardait vers l'Alhambra, un sourire au coin des lèvres. Chacun souriait mais à propos de quoi ?

Ils déambulaient depuis un moment ; ils n'étaient plus en marche ; Myriam avait ralenti le pas c'était certain.

La pente dévalait vers des jardins bien cultivés qui remontaient ensuite vers une colline aride et le Généralife ; de l'autre côté, de magnifiques demeures s'étageaient sur le versant de la colline. A vrai dire, on ne voyait que des terrasses accrochées, bien aménagées qui semblaient rivaliser avec les figuiers de barbarie et les agaves. C'étaient donc les maisons creusées à même la roche, les maisons troglodytiques. Sur les façades des constructions, des grands panneaux témoignaient de la nature culturelle mais aussi très commerciale des lieux : bars-discothèques, spectacles de flamenco des gitans dont on lui avait déjà beaucoup parlé.

— Ici, les prestations sont différentes de ce que l'on peut montrer aux touristes d'un jour, presque à la sauvette à l'angle d'une rue. Dans ces grottes anciennes transformées en scènes, on entend encore le zambra, un flamenco d'origine rom, qu'on appelle aussi zambra mora. Dans ce quartier règnent encore les noms de dynasties gitanes, les Habichuela et son grand guitariste Pepe, le chanteur et compositeur de flamenco Enrique Morente. Il a marqué la scène grenadine celui-là ; il est mort récemment, en 2010 seulement.

— Si les gitans vivaient dans des grottes comment se fait-il que le zambra soit devenu célèbre ? interrogea Jérémie qui restait dubitatif sur l'évolution des populations roms !

— Il faut bien comprendre l'évolution de cette musique et de cette danse. On y retrouve une forme de danse rom exécutée pour des mariages mais aussi une danse du ventre véhiculée par les morisques.

— Ah ! On peut en entendre aujourd'hui ?

— Sois patient ! Apprécie chaque instant !

Ouri laissa un silence puis ajouta de manière un peu narquoise :

— Ce n'est que du mélange de cultures ! Nous ne sommes que du mélange, rien à l'état pur, poursuivait Ouri presque avec délectation dans les paroles :

— Cette danse fut longtemps considérée comme danse indécente : elle se danse pieds nus, avec des castagnettes dans les doigts, chemisier noué sous la poitrine et jupe longue fixée à la hauteur de la hanche, avec de grands plis pour la faire flotter dans l'air.

— S'ils vivaient entre eux, et s'ils étaient montrés du doigt, comment ont-ils fait connaître leurs chants et leur danse alors ?

— On est tous curieux de choses différentes même si on les regarde au départ en cachette, et puis deux personnes les ont bien aidés, il faut le reconnaître. Vous avez entendu leurs noms, certainement ! Deux artistes ! Vous savez, ici en Andalousie, la littérature orale et corporelle s'exprime de manière populaire sur la tradition, sur les racines mais elle évolue sans cesse.

Vous allez en entendre parler de ces deux-là ; ils ont marqué l'Andalousie et l'Espagne toute entière à jamais ! L'un était compositeur, Manuel de Falla et l'autre poète, Federico Garcia Lorca

— Ah ! Federico Garcia Lorca, interrompit Jérémie, ravi de connaître le nom de quelqu'un que ce guide citait, mais je croyais qu'il avait écrit ... ah, je crois que c'est *mi pueblo, mon village !*

— C'est bien cela, reprit Ouri en souriant à Jérémie en guise de compliment, mais Federico était un personnage, un poète, un grand écrivain mais aussi un grand engagé. A eux deux, ils ont contribué à imposer le flamenco comme un art à part entière en organisant le Concurso Nacional de Cante Jondo en mille neuf cent vingt-deux !

— Qu'est-ce que c'est comme chant ? se hasarda Jérémie. Ce serait peut-être une piste de découverte de son histoire, après tout !

— C'est un chant ontologique, comme une romance qui semble sortir du plus profond de l'être, un chant très expressif, souvent très dramatique, très ancien, venu des temps de souffrance lointaine, des générations très anciennes, comme d'un long voyage dans l'espace et dans l'histoire.

— On pourrait voir un spectacle, osa Myriam qui n'était pas intervenue depuis longtemps !

— Oui, cela va de soi, et ce sera ce soir même !

— Vraiment, merci de tout cœur, s'empressa-t-elle de répondre en regardant assez intensément Ouri.

Bizarre ce regard ! Ils se connaissent !

— Mais avant, continuons notre promenade et nous allons grimper là-haut, remonter aux origines de ce peuple gitan en somme !

Des marches, encore des marches ; le trajet ne semblait pas en finir. Jérémie, bien entraîné à la nage, avait du souffle et montait allègrement. Ouri et Myriam suivaient quelques mètres en arrière et discutaient. Le jeune homme ne portait aucune attention à leur conversation, tout préoccupé à observer les dernières grottes qui balisaient en somme le sentier escarpé. Un canapé, sous les branches, un tonneau renversé, une toile qui masquait une entrée, une vigne qui traçait sa route entre les pierres et escaladait le petit mur rajouté à la colline, serpentait autour d'une cheminée sortie de la roche comme par hasard. Des papiers perdus, des sachets noirs ou transparents, s'accrochaient aux branches à demi-desséchées au gré du vent, et conféraient à ces lieux une impression de fin de vie, d'abandon.

Munis de leurs billets d'entrée, ils déambulaient sur un circuit fléché : dans les grottes anciennes, on avait aménagé ici, un atelier bois, ici une forge, là un grenier contenant la récolte, là encore un atelier de tissage et un autre du travail du cuivre. C'était un musée ethnographique presque à ciel ouvert de la vie des gitans. Le musée tournait en arc de cercle devant les grottes et sur une place de village, une grande scène était dressée. Les projecteurs de lumière fixés sur des rampes dominaient la scène.

— J'ai réservé des places aux premières loges pour ce soir, mais nous avons le temps ; j'ai envie de vous faire entendre un peu de musique dans un bar juste à côté mais il faut descendre à nouveau.

Jérémie descendait les marches en devançant sa mère et Ouri. Il les entendait parler sans les écouter ; pourquoi tendit-il l'oreille ? La conversation prenait une tournure à tout le moins énigmatique : ils étaient face à face, très sérieux. Bien qu'aux aguets, il entendit clairement un phrasé mais il ne comprit rien.

« Ils parlent si vite en espagnol que je n'y comprends pas grand-chose, se dit-il ; voilà, j'ai encore beaucoup de progrès à faire, je le sens, mais comme j'ai la possibilité d'aller au lycée, je vais me perfectionner et rattraper mon retard. »

Dans le Camino del Sacromonte, ils firent encore quelques pas ; Ouri téléphona. Ils arrivèrent bientôt devant une cueva entourée de fer forgé. Une dame se tenait à l'accueil sur le bord de la chaussée. A cinq mètres, la dame de forte corpulence, toute habillée de noir, sourit et vint embrasser Ouri ; pas une bise comme on pouvait s'y attendre, mais une véritable embrassade, les bras bien ouverts qui vous entourent le corps, vous tapotent chaleureusement le dos et vous font passer des vibrations de l'un à l'autre. Décidément, ce monsieur Ouri est très connu ici, remarqua Jérémie. Un grand écriteau affichait : le Chumbera, un des meilleurs lieux pour « à la fois écouter du flamenco et voir l'Alhambra ». Des touristes faisaient déjà la queue pour réserver des places. Jérémie et Myriam n'eurent pas à attendre ; la dame en noir les guida en saute-file vers l'entrée. Cela semblait bien préparé conjointement par Ouri et la forte dame qui, elle, se déplaçait maintenant avec une extrême élégance vers une autre salle alors que Myriam, habituée pourtant à accompagner ses groupes, marquait un temps de pause entre les pas, comme pour se reposer un peu. On les installa tous les trois dans des grands fauteuils face à l'Alhambra. Ouri leur annonça qu'ils allaient bénéficier d'un petit spectacle de flamenco en privé. On ne tarda pas à leur apporter trois verres de sangria. Ce monsieur Ouri commençait vraiment à épater Jérémie : il n'avait qu'à téléphoner, passer dans un lieu pour qu'immédiatement on se mette en quatre pour lui faire plaisir !

Jérémie n'avait pas commencé à goûter à la sangria que les artistes débutèrent une prestation : une danseuse, toute habillée de rouge et de blanc, le bras levé, la taille serrée, les plis de la robe virevoltant sur le parquet, commença à évoluer devant eux. D'abord, la guitare donna des sonorités sur un rythme lent, bientôt modifié par des saccades, des claquements de mains. Le rythme s'accélérait mais voilà qu'une autre gitane se mit à chanter d'une voix presque tremblante un chant lent qui lui aussi prit bientôt de la vitesse. Claquements de mains, la guitare ralentit, la voix prit plus d'importance, les paroles s'accélérèrent et se lamentèrent ; c'était une succession de notes qui s'élevaient et s'abaissaient, se heurtaient, s'éteignaient et remontaient en puissance, traînaient dans la hauteur, reprenaient vigueur encore, interpellaient, interrogeaient, quémandaient, mais que disait-elle ? Jérémie aurait bien voulu comprendre ; les mains claquaient, la gitane s'arrêtait de chanter, la danseuse claquait des pieds. C'est Ouri qui applaudit en premier ; Myriam l'imita et Jérémie enthousiasmé continuait d'applaudir. Il venait d'être séduit.

Jérémie aurait bien écouté un autre morceau mais Ouri expliqua que ce groupe devait jouer à l'instant devant des touristes qui avaient réservé ; ils avaient donc bénéficié d'un moment exceptionnel !

— Ce soir, vous aurez l'occasion de goûter plus longuement à cette musique. Je vous rappelle, un grand groupe se produit au Sacromonte, je vous l'ai dit ?

— Oui, oui, ce sera avec plaisir répondit Jérémie vraiment enjoué de la découverte d'un autre registre musical.

Dans la soirée, la montée vers le Sacromonte une seconde fois fut assez laborieuse pour Myriam qui marquait des temps d'arrêt de temps à autre. Jérémie les attendait là-haut. Il entendit les voix de sa mère et celle d'Ouri, mais une fois de plus, il ne discernait pas les paroles.

— Vous parlez quelle langue, maintenant ?

Les deux interlocuteurs furent surpris de l'arrivée soudaine du jeune homme. A la vérité, il voulait les surprendre mais tous les trois furent un moment sans prononcer un seul mot.

— L'espagnol !

— De l'espagnol ? Je n'ai pas reconnu ? Vous parliez bizarrement ? Et la prononciation, c'était bizarre !

— Tu sais, répondit Ouri, ici, on est bercé par les différentes langues régionales.

— Ça faisait drôle de vous entendre !

Ouri proposa de s'installer aux tables pour dîner tranquillement, en attendant le spectacle.

Les tapas arrivèrent sur un plateau en même temps que les boissons. Sur la carte, Jérémie choisit un bocadillo de tortilla : c'était un sandwich préparé avec une omelette de pommes de terre !

Alors qu'ils achevaient de manger leurs casse-croûtes, des gens arrivèrent en groupes et, en apercevant Ouri, faisaient tous systématiquement un détour pour le saluer. Cela commençait à intriguer le jeune homme. Myriam semblait un peu surprise de tant de notoriété mais souriait à l'idée, sans doute, d'être accompagnée par quelqu'un de célèbre dans cette ville de Grenade.

Une fois le repas achevé et après les absences répétées d'Ouri qui allait fréquemment vers les autres tables, ils sortirent sur la grande esplanade ; Ouri et Myriam discutèrent sûrement de tout et de rien. A un moment donné, Jérémie les vit se retourner vers les escaliers qui gravissaient jusqu'au belvédère ; ils montrèrent une hésitation, surtout Myriam. Jérémie vit le grand bras d'Ouri se poser sur l'épaule de sa mère comme s'il voulait l'accompagner tellement elle semblait figée. En face, arrivait un groupe d'une quinzaine de personnes, toutes habillées de noir. Un homme se détacha du groupe et se tint immobile à trois mètres environ. C'était un véritable sosie d'Ouri ; Jérémie fut ébahi devant la ressemblance. Ce n'était pas possible, pas à ce point ! Les cheveux, les yeux, les rouflaquettes ! Même la couleur de la peau et que dire du timbre de voix ! Ceux-là étaient jumeaux, c'était certain ! Une petite différence peut-être, un grain de beauté, à droite de la bouche, plus accentué chez le nouvel arrivant ! Jérémie vit sa mère légèrement défaillir, pâlir, mettre la main derrière ses hanches ; elle avait sûrement mal au dos ; elle s'était plainte plusieurs fois depuis le matin. Elle avança alors doucement vers cet homme. Lui aussi avait entamé quelques pas au même moment. Jérémie les vit discuter, se serrer la main. Myriam présenta Jérémie. Tout autour, on lui souhaita la bienvenue ; c'était un tourbillon de salutations et d'embrassades avec frappes chaleureuses sur les épaules. Jérémie comprit bien vite que c'était le groupe de musiciens qui allait se produire le soir même. Le frère d'Ouri était donc musicien ! Chanteur ou guitariste ? Jérémie n'allait pas tarder à le savoir ! Il vit la troupe s'éloigner, se déplacer sur la scène. Les artistes échauffaient leurs voix.

Le public arrivait. Jérémie, enthousiasmé par les airs de l'après-midi aurait voulu aller s'asseoir à une bonne place tout de suite mais Ouri lui fit comprendre que des places étaient réservées au premier rang.

Une salve d'applaudissements résonna dans le cirque archéologique. Le spectacle allait commencer. Quelques airs de guitare en triolet ou plus, puis d'autres en accéléré : les sons résonnaient dans l'amphithéâtre naturel. Quelques bruits de talons sur les planches, des sons de guitare qui sautillent, encore des talons. La guitare jouait en dégradé sonore. Ouri accompagnait les claquettes de ses grandes mains, le public adhérait, collait au rythme. Déjà ! Et ça ne faisait que commencer !

Olé ! Olé, olé, les mains claquaient, les talons tapaient, alle alle le lelala, la chanteuse se lamentait encore et encore, la guitare poursuivait seule un instant ; la voix réitérait ses lamentations ; les chanteurs lui imprimaient du rythme, renforçaient les accents. La voix s'élevait à nouveau revendicative, répétait la plainte, s'exerçait en trémolos, entre chant de guitare, d'autres voix, et silences ; elle semblait imprimer sa réponse ; pourtant elle continuait à affirmer sa quête. C'était un dialogue entre la danseuse, les chanteurs et guitaristes dont le jumeau d'Ouri. Tandis que la voix limpide s'élevait le long des parois rocheuses chargées d'histoire, la danseuse élevait le bras devant elle vers un horizon invisible, semblait prendre un envol et de son autre bras semblait désigner quelqu'un, l'altérité dans ce qu'elle a de plus différent, d'inextinguible, de révoltant parfois. Bientôt, elle tint sa robe sur le côté, puis après deux ou trois rotations rapides, joignit ses deux mains au zénith d'elle-même. Elle évoluait alors à pas saccadés sur fond de bruits secs et simultanés de talons et de tambourins et on pouvait se demander lesquels imprimaient le rythme endiablé. La danseuse vint alors regarder Jérémie, le fixer droit dans les yeux, puis elle ralentit son pas. Elle levait les deux mains en l'air, les paroles de la chanteuse se chargeaient de langueur, la danseuse s'arrêtait encore, se penchait vers l'avant, regardait encore Jérémie, ouvrait les bras et se mettait à nouveau en mouvement complet de son corps sur le rythme à nouveau saccadé, puis dans une immobilisation lente, semblait apaiser son monde, l'envelopper ; les bras en l'air semblaient reprendre et répéter des mêmes mots, des mêmes gestes puis stoppaient encore subitement. La guitare poursuivait quelques accords. Alors, après des silences répétés, la chanteuse, d'une voix de tête invectivait le monde sur un rythme effréné, tout en fermant un poing bien dégagé du corps. Mais que disait-elle donc, s'interrogeait Jérémie, lui qui avait repéré quelques mots en espagnol mais seulement quelques mots, le reste n'en était pas, il en devenait certain. Une longue lamentation suivit encore, la guitare tremblait, la chanteuse semblait à cet instant seule face au monde, la danseuse regardait à terre, exhibant alors le foulard rouge autour du cou sur son chemisier blanc ; la guitare ralentissait le rythme, la chanteuse renouvelait ses tremolos, la danseuse souriait mais voilà qu'elle ouvrait les bras, paumes vers le sol, cliquant des doigts, désignant les chanteurs et les musiciens, accélérant encore les paroles répétées jusqu'au silence. Tous les trois applaudirent.

Chant après chant, Jérémie regardait alternativement les guitaristes qui jouaient à une vitesse incroyable sur les cordes de leurs guitares mais à présent il était comme happé par la jeune danseuse dont le corps mis en valeur par les jupons et les couleurs, commençait sérieusement à l'émouvoir. Au-delà des lamentations qui l'accompagnaient, une expression érotique habillait cette jeune artiste.

Après le spectacle, le musicien vint vers son frère Ouri, vers Myriam tout en observant Jérémie.

— La soirée vous a plu, j'espère ?

— Oh merci beaucoup ! répondit Myriam avec insistance tandis que Jérémie regardait encore la jeune danseuse, mais à la dérobée.

— Maintenant place à votre accueil ; je vous invite tous les trois à boire un verre sur une place très sympa de Grenade ; c'est dans l'Albaycin, vous serez tout proches de la maison pour rentrer. Si, si j'insiste ! C'est un plaisir pour moi et j'espère qu'il sera partagé !

Myriam acquiesça immédiatement. La proposition du chanteur paraissait sincère mais Jérémie trouva que quelque chose devenait un peu incompréhensible, comme si Ouri, en tant que guide, avait tout calculé, prévu, même cette rencontre. Comment se faisait-il qu'il connaissait déjà la demeure de Myriam ? En même temps, ça pouvait être une mise à l'honneur d'une guide turque, elle était venue pour cela quand même, à la fois connaître la culture andalouse et faire partager sa culture. A moins que… Myriam, sa mère n'ait tout prévu en lien avec Ouri ! Pourtant elle avait bien montré de la surprise à l'arrivée du groupe des musiciens !

— Quelle place ? demanda Myriam

Sa question coupa court à la réflexion de Jérémie. Non, elle ne maîtrisait pas tout !

— La place Larga !

# 13

Ils descendirent les nombreuses marches pour atteindre à nouveau l'arrêt de bus. Les deux frères et une dame que Jérémie prit pour la femme du frère d'Ouri encadraient Myriam sur le chemin. La jeune fille, elle, venait, en quelques pas sautillés, de rejoindre Jérémie à l'avant. Son regard le désarçonna : les yeux brillants et maquillés exprimaient bien autre chose que de la pure amitié. Etait-elle encore dans son rôle ?

— Tu t'appelles Jérémie, je crois ?

Elle connaissait déjà son prénom !

— Et toi, balbutia le jeune garçon, qui, bien que sûr de lui d'habitude, perdait un peu ses moyens devant l'assurance et la beauté de la jeune gitane ?

— Shana ! C'est un prénom gitan et ... Elle se mit à poser question sur question...

Il était habitué à Cemile, leurs relations étaient déjà devenues ritualisées, mais là il sentit que la relation lui échappait. Non, il ne connaissait pas les chants de cette région, non, il n'avait pas beaucoup voyagé, non il n'était pas acteur, non il ne jouait pas d'instrument de musique et encore non, il n'avait jamais touché à une guitare mais pour s'en sortir, il affirma qu'il aimait bien chanter ; d'ailleurs, on lui disait qu'il avait une belle voix.

— Montre, montre-moi, insistait la jeune fille qui semblait vraiment empressée.

Jérémie cherchait des réponses à ses interrogations depuis plusieurs jours mais il n'obtenait guère de réponses. Et cette jeune fille, à peine descendue de la scène, l'assénait de questions ! Alors, non, ce serait non, plus tard peut-être, enfin pas aujourd'hui et pas là, ils venaient de se rencontrer ! Jérémie, réservé mais déterminé, mit fin à la discussion en regardant droit lui. Presque une fin de non-recevoir, presque déçu du comportement de Shana. Il aurait attendu plus de grâce, moins de précipitation et surtout un peu de silence !

Elle ne ressemble pas à son oncle Ouri, c'est le moins qu'on puisse dire, pensa Jérémie un peu agacé. Shana s'en aperçut tout de suite et elle lui prodigua alors un grand sourire.

— Il faut me comprendre, ces derniers jours, j'ai longuement entendu parler de toi, donc je suis ravie de te rencontrer.

— Parler de moi ?

Décidément, bien des choses lui échappaient encore ! Il lui fit une petite moue. Etait-ce un pardon ? Et puis, s'il voulait en savoir davantage, il faudrait peut-être des alliés ! Quelqu'un qui parle !

Le bus les déposa près de l'église San Nicolas, encore, comme s'il fallait toujours revenir là, comme si c'était une arrivée ou un lieu de départ obligé. Shana taquinait gentiment Jérémie, les adultes conversaient assez bruyamment. Ils arrivèrent par la carretera Maria Miel, traversèrent une porte dans une ancienne muraille millénaire et débouchèrent alors sur la place Larga. Un bruit de fond montait de cet endroit : des gens attablés se livraient à des conversations joyeuses. Une grande et forte dame vint vers eux. Une vraie gitane, ne put s'empêcher de penser Jérémie. Peut-être une ancienne chanteuse mais en ce jour, elle avait l'air d'une matronne qui dominait de la tête et des épaules ses garçons et filles de salle. Ici aussi, on nous attendait, ne put s'empêcher de penser le jeune garçon. La gitane toute habillée de noir, embrassa tout le monde. Jérémie se vit engloutir par deux gros bras chaleureux. Les rires fusaient, les voix graves des hommes répondaient à la voix aussi grave de la forte gitane. Elle revint s'asseoir, sur un énorme siège : là, elle encaissait l'argent, ouvrant de ses gros doigts un sac de cuir à plusieurs compartiments qu'elle portait devant elle, retenu à son cou par une grande bandoulière. Jérémie la vit plonger une fois dans le sac et en retirer une liasse de billets qu'elle glissa dans son corsage.

— C'est un endroit sûr, glissa Shana qui venait aussi d'observer la scène.

Jérémie rougit un peu car Shana venait de lui désigner sa poitrine bien dégagée, en disant qu'elle ne pourrait pas y mettre une si grosse liasse car l'espace était plus restreint !

Tout en discutant avec Ouri et son frère, Myriam regardait de temps à autre Shana et son fils et remarqua les sourires complices des deux jeunes mais aussi les gestes libérés de la jeune gitane.

Des musiciens arrivèrent sur la place et avant de commencer à jouer, ils vinrent encore saluer Ouri, son frère et la famille, avant de jouer.

Les serveuses apportèrent une paëlla de fruits de mer ! Un grand plateau comme Jérémie n'en avait encore jamais vu !

Tout le monde parlait à table, répondant à qui mieux-mieux aux remarques et aux interrogations. Brusquement il y eut un silence : même Shana qui expliquait de manière volubile les pas de danse à Jérémie s'arrêta de parler. Jérémie perçut une gêne chez les adultes. Que se passait-il ? C'est Myriam, qui, d'un faux ton enjoué, vint mettre un terme à ce vide :

— Et demain, Ouri, quel est le programme ?

Que venait-il de se passer ? Le frère et la voisine d'Ouri, avaient le nez dans leurs assiettes.

— Un petit circuit pour rejoindre la cathédrale ?

— Pas l'Alhambra alors ? demanda faussement Myriam

De quoi parlaient-ils tout à l'heure, pour avoir fait naître ce malaise, pensait encore Jérémie alors que Ouri reprenait :

— Les billets sont réservés pour après-demain ! Tu es pressée de découvrir les buissons de myrtes, tu as envie de t'enivrer de leurs parfums ?

— Oui, bien sûr, dit-elle en susurrant ce dernier mot, mais j'ai hâte de voir le Palacio de Comares et surtout j'ai hâte de voir le célèbre Palacio de los Leones, le palais des lions !

— Je vois que tu t'es beaucoup documentée avant de venir nous rejoindre !

Myriam regarda Ouri, son frère et la dame qui l'accompagnait, puis elle balaya du regard celui de son fils et celui de Shana :

— Quand un pays et une région particulière nous parlent de l'intérieur depuis longtemps, on écoute toutes les voix qui peuvent nous dévoiler ce qu'ils sont ! On peut lire, se documenter comme je l'ai fait. Les auteurs m'ont longtemps fait vibrer de leurs voyages imaginaires ou baignés de réalités historiques, je pense aux aventures du dernier Abencérage de Chateaubriand, à Noah Gordon et le dernier juif, au médecin de Cordoue de Herbert Le Porrier, à celui d'Amin Malouf sur les Croisades vues par les Arabes, mais si je tenais à venir dans ce pays, dans cette région, c'est pour sentir la myrte, ressentir la vie de ces ruelles !

Jérémie semblait découvrir sa mère. Elle lui avait parlé en termes succincts de son passage de la Syrie vers la Turquie mais là, ce soir, attablée devant des inconnus, elle s'enflammait à l'idée de sentir la nature, de vérifier l'histoire, mais de quoi parlait-elle donc ? Elle poursuivait : se baigner dans les parfums andalous, goûter aux plaisirs des recettes culinaires ancestrales, de se sentir bien tout simplement presque chez soi !

Myriam exagérait certainement mais elle semblait parler d'une réalité qui l'envahissait agréablement.

Quand elle s'arrêta, tous applaudirent sauf le jeune homme : il n'avait pas tout compris. Il demanderait à sa mère en montant le sentier qui gravissait l'Albaycin.

Deux questions trottaient abondamment dans sa tête ; tout d'abord personne n'avait rien dit à propos de toutes les croix qui jalonnaient le parcours aujourd'hui ; elles étaient garnies de fleurs ; c'était donc un jour de fête !

— Non, ce n'était pas un jour de fête pour tout le monde !

— Pourtant, les gens à côté manifestaient beaucoup d'allégresse !

— Cela rappelle des mauvais souvenirs, c'est tout ! De génération en génération, on en a parlé !

— Qui ?

— Ton grand-père, ta grand-mère, ton arrière grand-mère !

— Mais je ne les ai pas connus ! Tu ne m'en as rien dit ! Et tu ne m'en dis encore rien !

— C'était trop ! Tu étais trop jeune et puis j'ai voulu comme ton grand-père te protéger ! On parle trop vite quand on est jeune ! C'était trop délicat ! Et la situation devenait de moins en moins sûre, tu l'as bien remarqué !

Myriam venait de marquer une pause : les marches successives montées à un rythme endiablé pour fuir les questions, sans aucun doute, ça, Jérémie l'avait bien remarqué, les réponses précipitées aussi, voilà que Myriam posa les mains sur son cœur mais aussi derrière son dos. Etait-ce un simulacre de fatigue pour ne pas répondre. Jérémie modéra quand même ses interrogations mais il ne put s'empêcher de revenir sur une deuxième remarque :

— Comment ça se fait que tu connaisses si bien les livres sur l'Andalousie ?

— Quand on est guide, il faut connaître l'histoire et, souvent, on la trouve très bien écrite au travers des contes, des nouvelles ou des romans. Après, il faut aller se documenter dans les livres d'histoire ou sur internet, maintenant, c'est facile !

Pour Jérémie, ce n'était pas la réponse attendue. Elle ne lui avait pas dit qu'ils allaient bénéficier d'un guide, Ouri et qu'ils allaient connaître son frère et sa famille ! Et la jeune fille ! Celle-là, elle semblait le connaître comme s'il avait habité Grenade depuis longtemps !

— Bon alors, les fleurs et les croix ?

— C'est pour célébrer la christianisation !

— Tu m'as fait venir ici, à Grenade, avec insistance et maintenant tu me laisses languir ! On est musulman, c'est ça ! Je veux bien y croire ! Tout ça m'a l'air important mais j'ai quand même quitté Cemile !

— Demain je t'en dirai plus ; je te le promets mais il faut s'asseoir pour cela ! Tu vois, là, ça grimpe de trop, je suis essoufflée comme jamais.

Ils escaladèrent les deux cent marches qui grimpaient jusqu'au promontoire de San Miguel ; la nuit venait de tomber et les jeunes qui étaient montés là-haut pour contempler le soleil couchant, comme beaucoup de touristes tous les soirs, descendaient. Il salua au passage les jeunes rencontrés la veille. C'était un tourbillon d'images dans la tête de Jérémie. Il avait découvert tant de choses en si peu de temps et pourtant il avait mille interrogations en tête.

Ils parvinrent au sommet. Myriam avait de plus en plus de mal à poursuivre la montée. Elle qui parcourait des kilomètres dans les villes semblait ne plus pouvoir soulever la jambe droite. Elle se frottait la colonne vertébrale.

Le coucher fut rapide ; Jérémie essaya encore une fois d'obtenir une réponse si petite fût-elle, mais sa mère lui répéta que demain serait un jour propice à des confidences. Il entendit sa mère se frotter dans la salle de bains ; elle sentait le camphre lorsqu'elle passa près du canapé où il allait dormir.

Jérémie ne put s'endormir immédiatement. Il ressassait ce qui avait pu se dire entre Ouri et elle, entre elle et le frère d'Ouri. Et ce qu'avait prononcé Shana ! Les affirmations sur son compte, les sourires aguicheurs en coin, et puis ses yeux, et ses lèvres aussi ; il ne voyait plus que son visage qui effaçait celui de Cemile. Jérémie voulait résister et revoir les traits de son amie avant de s'endormir ; il prit alors conscience qu'il ne lui avait pas envoyé de message de la soirée. Dès demain, il lui enverrait des photos et puis demain, sa mère avait promis que ce serait un jour important.

# 14

Le lendemain matin, c'est Myriam qui appela son fils. Elle ne parvenait plus à se lever. Une douleur atroce la clouait au lit et le moindre mouvement la faisait hurler. C'était la première fois que Jérémie voyait sa mère dans un état aussi grave. Si au moins son grand-père avait été là ; il aurait pu prodiguer des soins immédiatement ! Et il aurait alors les réponses aux questions qu'il soulevait la veille en montant les marches ! Car, en cet instant, il ne pouvait pas solliciter sa mère pour des réponses promises : il aurait eu l'impression de la torturer doublement ! Et pourtant !

Myriam demanda à Jérémie d'appeler Ouri qui fut présent dans le quart d'heure qui suivit. Devant l'état de la guide, Ouri ne put s'empêcher de réclamer la venue d'un service d'urgences. Les médecins parlèrent, de remèdes antidouleur, de repos absolument nécessaire mais d'une impossibilité à la prendre en charge en Espagne pour une si longue période. Elle souffrait d'une sciatique aigüe et d'un lumbago sévère ; il fallait solliciter l'assistance des agences respectives de tourisme pour un rapatriement en urgence en Turquie. Myriam allait-elle pleurer ? Elle réduisit ses propos à de l'ordinaire et demanda à Jérémie de faire un peu de rangement ; il s'aperçut alors que sa mère et Ouri tenaient un conciliabule dans la chambre.

Dans les secondes qui suivirent, Myriam appela Jérémie d'un ton si ferme qu'il mesura l'importance du propos qui allait suivre :

— Je vais devoir rentrer pour une petite période en Turquie ; toi, tu restes ici, au moins un mois, comme tu me l'as promis ; ton visa court pendant trois mois. Nous avons réglé cela avec

Ouri et sa famille. Je reviendrai ensuite terminer cet échange, et, aussi, mais surtout, poursuivre nos découvertes respectives, n'est-ce pas mon fils, car nous n'avons encore presque rien dévoilé de nos secrets.

« Elle me dit cela, maintenant, sur le lit, comme pour m'allécher alors que nous sommes ici depuis plusieurs jours ; je n'arrête pas de la solliciter, je n'arrête pas et combien de temps faudrait-il encore patienter », pensait Jérémie, un peu déstabilisé mais tout de même sur les nerfs.

— Ton inscription au lycée est de toute façon prête, on t'attend, ce sera comme un échange à l'européenne. Et pour le soir et les week-ends, tout est presque arrangé ; ce sera chez Ouri puis chez son frère, et puis tu ne seras pas malheureux avec Shana !

— Mais pour payer ?

Myriam reconnut bien le versant sage, réaliste et adulte de son fils.

— Ne te tracasse pas ! Je vais te laisser de l'argent de poche suffisamment et pour le reste tout est entendu avec Ouri et son frère. Je t'appellerai régulièrement au téléphone et puis tu pourras m'écrire, pour une fois que nous sommes éloignés l'un de l'autre.

En effet, c'était la première fois que mère et fils se quittaient. Il était difficile de dire qui avait le plus de chagrin des deux. Etait-ce d'ailleurs du chagrin ?

Par la suite, tout se déroula très vite. Un correspondant des assurances, délégué sur place, prépara le retour vers Istanbul dans l'après-midi même.

Jérémie se retrouva seul face à ses questions. Désormais le séjour dépendait des autres mais il pressentit qu'il avait une carte à jouer dans cette région espagnole. Après tout, Ouri et sa famille semblaient bien au courant de certaines choses et il allait lui aussi avec tact, se disait-il, essayer de connaître les véritables raisons de son séjour en Andalousie, car finalement, et ça venait de lui sauter aux yeux, c'était son séjour, à lui, qui lui apparut comme la motivation principale de l'échange de sa mère avec Inès, la guide espagnole ; il s'agissait en réalité de son identité véritable ! Qui était-il donc pour que le silence s'imposât parfois lors de conversations ? Pourquoi sa mère avait-elle parlé seule à seul avec Ouri ? Le départ de Myriam venait d'ouvrir un puits de lumière sur sa vie. Tout s'éclairait mais la luminosité était si indifférenciée sur chaque objet qu'il ne pouvait pas encore prendre ses couleurs véritables ; chaque pensée et chaque phrase restaient floues ! Bref le livre était bien ouvert, mais Jérémie n'arrivait pas à en décrypter les pages, pourtant elles n'étaient pas blanches puisqu'il était bien là, vivant, mais..., absent de son histoire. Il faudrait ajouter une ampoule au vieux projecteur d'antan, pour que renaissent les premiers jours de son enfance et peut-être même aller chercher les racines bien loin dans les profondeurs d'une mémoire collective, car pourquoi sa mère avait-elle parlé du chemin de ses aïeux en montant les marches ? Et pourquoi sa mère voulait-elle vivre de l'intérieur et plus encore ressentir les odeurs de myrte de « presque chez soi » comme si cette odeur avait été mémorisée à travers le temps ?

# 15

Jérémie revint au logement situé au haut de l'Albaycin prendre ses affaires. Il habiterait d'abord chez Ouri, dans le quartier du Realejo, pas très loin de la place Mariana Pineda.

— Tu sais peut-être, lui dit Ouri, sûrement pour le distraire du départ de sa mère, cette dame Pineda fut le sujet de la première pièce de théâtre de Federico Garcia Lorca.

— Et qui c'était, répondit presque agacé Jérémie, car pour lui, ce n'était pas le moment de passer toutes les personnes célèbres en revue ! Encore une morte du seizième siècle !

— Non, Jérémie, cette dame a donné sa vie pour protéger ses amis ; on dit qu'elle avait brodé un drapeau en faveur du libéralisme ; en effet, des opposants à Ferdinand VII se réunissaient chez elle ; elle fut emprisonnée et garrottée sans dénoncer les siens.

— Et ça se situait quand alors ?

— Elle est décédée fin mai mil huit cent trente et un ! Et grâce à notre poète Lorca, elle reste dans les mémoires comme résistante !

— Et il y a un rapport avec ma mère qui vient de partir ?

— Oui, car je pense qu'elle commençait à te faire comprendre certaines choses ; elle m'en a parlé. Toute ta famille a été résistante, tu sais et tu n'as pas à rougir de tes ancêtres. En Turquie, aussi, des personnes résistent et parfois, en raison de lassitude et d'insécurité, elles partent, elles quittent le pays !

Où Ouri voulait-il en venir ?

— Vous avez eu ma mère au téléphone ?

— Et toi, tu as eu des nouvelles d'Istanbul ?

— Non, car ma mère a gardé son portable.

— Ah ! Oui ! Je t'en achèterai un, rechargeable selon tes besoins !

— Merci infiniment !

— Et, donc, tu n'as pas eu de nouvelles d'Istanbul ?

— Non, pourquoi, il est arrivé quelque chose à ma mère ?

— Non, ta mère va bien, ton grand-père aussi !

— Mais alors ?

— Ta mère a lu un message de Cemile, juste avant le décollage ; elle n'avait ni la force ni le courage de t'en parler !

— Mais quoi, intervint Jérémie soucieux mais ferme, qu'est-ce qui se passe ? Vous auriez pu me le dire avant quand même !

— Ce n'est pas facile ! Cemile va bien mais elle ne peut plus te joindre. Elle a écrit dans son SMS, qu'elle prendrait contact avec toi mais cela pouvait prendre plusieurs jours, qu'elle pense bien à toi, qu'elle t'embrasse très fort mais…

Ouri s'était arrêté en milieu de phrase : il avait quelque chose à dire encore mais les mots semblaient bloqués au travers de sa gorge.

— Elle a ajouté que si elle ne donnait plus de nouvelles après un long moment, alors…

Ouri marqua encore une pause.

—Alors ? fit Jérémie, insistant.

— Alors, il faudrait l'oublier !

— Quoi, mais qu'est-ce que tout ça veut dire ?

— Je crois qu'un épisode vital de la vie de famille de ton amie est en train de se dérouler ; ne l'appelle surtout pas, d'ailleurs elle a confié à ta mère que les téléphones allaient être débranchés !

— Mais c'est du n'importe quoi !

— Tu comprends pourquoi je t'ai parlé de Mariana Pineda, je ne savais pas comment te le dire !

Cette fois, Jérémie partit en sanglots.

— Elle est en situation de danger, mais sa famille a semble-t-il tout prévu et c'est pour cela qu'elle réclame le plus grand silence pour ne pas être repérée.

Dans l'appartement de la guide, Ouri avait aidé Jérémie à prendre ses affaires ; celui-ci divaguait sur les lieux comme un aveugle.

Ouri revint vers la place Mariana Pineda. Ils montèrent par l'ascenseur dans un immeuble de cinq étages et entrèrent dans un magnifique appartement, richement décoré.

Autant la journée précédente avait été à l'égal d'un rêve, autant celle-ci le mettait à l'épreuve.

Ouri lui présenta l'appartement.

— Tu vas vivre ici, deux ou trois jours en attendant que Maïmone et sa famille s'organisent.

— Mamone, c'est qui ?

Ouri s'aperçut alors que le prénom de son frère n'avait pas été évoqué ou prononcé, au moins devant Jérémie, pendant les rencontres précédentes.

— C'est mon frère, et c'est Maïmone ; tu iras chez eux, tu ne seras pas malheureux et en plus tu pourras avoir des conversations de ton âge avec Shana.

Ah, celle-là, il l'avait presque oubliée, mais oui, elle l'aiderait sûrement un peu à oublier sa tristesse de ne pas pouvoir joindre Cemile.

— Et puis, si tu en as assez de l'exubérance et des provocations de Shana, ou même si tu veux prendre de la distance d'avec Maïmone, ici, la porte est ouverte et tiens, je te donne déjà un double de mes clés. Tu es chez toi, ici, tu vas comme tu veux, tu sors quand tu veux, par contre s'il te plaît ne rentre pas trop tard, même si l'horloge espagnole est décalée tu l'as bien constaté !

Tout en rangeant ses affaires, Jérémie pensait à Cemile et ne parvenait toujours pas à savoir ce qui s'était passé. Jamais elle ne lui avait parlé de quoi que ce soit ! Mais comme le lui avait enseigné sa mère, il ne faut jamais tout dire, surtout les secrets, car une oreille malveillante peut être attentive ! Il fallait vraiment que ce fût important, grave pour qu'elle éteigne son téléphone, qu'elle enlève la batterie, pour ne pas être repérée ! Jérémie commençait à comprendre pourquoi son amie Cemile restait toujours sur la réserve ; elle avait vraiment des secrets !

## 16

Jérémie ne dormit pas bien du tout cette nuit-là. Cemile aurait pu lui accorder sa confiance quand même ! Elle aurait pu se confier à lui, et si elle ne l'avait pas fait, c'est qu'elle se méfiait ! Mais de quoi ? Voilà pourquoi elle l'avait même encouragé à partir, c'était certain ! Elle avait même vanté ce que pouvaient apporter les voyages, les découvertes ! Il lui était arrivé quelque chose, mais désormais, il faudrait patienter...

En effet, il patienta ou plutôt, il passa une journée à l'aveugle : il était présent sur les lieux mais son esprit était ailleurs. Le Bosphore, le club de natation, les attentats, oui, la sécurité, Cemile aurait été une résistante kurde, mais enfin ! Elle lui en aurait parlé quand même ! Elle allait se faire garroter comme Mariana Pineda ! Non, ce n'était pas possible, pas Cemile et puis son père était militaire, alors non, oh non, elle ne risquait rien, il était haut gradé ! Quoi alors ?

Comme promis, une visite touristique était prévue et c'est Ouri qui devait l'assurer. Il exigea que Jérémie l'accompagne car visiblement, il n'était pas en état d'aller intégrer le lycée de Grenade et Ouri n'allait pas laisser le jeune homme seul face à ses questions.

Durant la visite, Jérémie entendait de temps à autre des noms qui résonnaient comme une musique déjà entendue les jours derniers : avec le groupe, il s'était dirigé vers la cathédrale. Il avait regardé de loin la madraza et il avait toutefois remarqué la beauté de l'ancienne université musulmane. Il avait déambulé avec le groupe par les venelles de l'Alcaiceria au cœur des échoppes de soie et de vêtements colorés. Presque la Turquie ! L'image de Cemile revenait en boucle et se mêlait à celles que créaient les propos d'Ouri : les grands autodafés de l'Inquisition ! Un acte de foi, c'était la traduction, pour un repentir en public qui pouvait s'achever par des énormes bûchers ! Cemile serait aussi arrêtée et brûlée ? Les arrestations et les bûchers seraient-ils donc inévitables ? L'arianisme pour les wisigoths, on brûle ! L'Inquisition, on brûle ! La révolution française, on brûle ! 1933, on brûle ! Daesh, on détruit et on brûle ! Pas de trace, de la conversion à pas forcés ! Et Cemile qui était alors à cette heure peut-être captive, soumise à la torture ? On allait la brûler !

Il se rafraichit à la grande fontaine centrale, la fontaine aux géants, celle-là même qui était érigée sur les cendres. Se mouiller pour rester bien éveillé, être à la hauteur de celle qui l'avait envoyé au loin, peut-être même en plein accord avec sa mère. Il devait se montrer digne d'elle, garder son sang-froid. Et c'est alors qu'il se retrouva, sans s'en être rendu compte, au cœur de la cathédrale dite de l'Incarnation. Il n'avait même pas remarqué la façade principale et sa construction conçue comme un arc de triomphe ! Il y était entré en aveugle et peut-être que cet espace l'avait un peu apaisé ? Il voyait un grand chapeau noir évoluer devant le groupe et il entendait Ouri raconter que la cathédrale avait été édifiée après la venue des chrétiens sur ce sol, en plein milieu de la médina musulmane, à partir de mil cinq cent vingt et un, un projet confié à Enrique Egas pour un art gothique, projet bientôt repris par Diego de Siloë, encore celui-là, grand architecte chrétien pour en faire un monument de la Renaissance. Les touristes poussaient des ah, d'étonnement, des oh d'admiration mais certains continuaient leurs petites conversations au grand désagrément d'Ouri qui élevait alors le ton pour se faire remarquer mais pas trop non plus pour ne pas gêner ses collègues guides. Tout le petit monde se laissait conduire dans les grandes nefs d'inspiration gothique, sous les immenses voûtes d'où saillaient des frises, des colonnes corinthiennes, dorique, ou ionique. Alors que le chapeau noir, de sa hauteur, guidait les touristes vers les petites chapelles attenantes, la lumière inondait de ses couleurs les nombreux vitraux. Jérémie regarda attentivement les deux admirables orgues et se figea lorsqu'Ouri signala que Mariana Pinada gisait dans ce panthéon de la nef centrale ! Mariana ! Cemile ! C'était du pareil au même, elle allait connaître le même sort, ça ne pouvait être que cela ! Perdu entre Mariana de Pineda, les wisigoths, les Almohades, Jérémie avait visiblement décroché et traînait à l'arrière du groupe, saturé d'histoire et surtout de religion.

Et pourtant, il avait l'impression qu'il avait un véritable tunnel à creuser dans ce domaine pour atteindre sa vérité, celle que sa mère lui avait promise ! Une souffrance avant la délivrance en quelque sorte ! Peut-être qu'il savait maintenant qu'il fallait en passer par Là pour grandir, mais, c'était le LÀ qu'il ne connaissait pas, celui qu'il aurait voulu découvrir au plus vite pour enfin être apaisé !

Quand Ouri libéra son groupe vers midi, il s'aperçut de l'état de Jérémie : entre torpeur et méditation ! Ouri lui proposa d'aller déjeuner quelque part.

— Et cette après-midi ? questionna Jérémie.

— Shana vient te rejoindre et elle te propose la piscine. Demain, nous irons la journée entière voir l'Alhambra en compagnie de Shana, si tu l'acceptes bien sûr, elle se fait un plaisir de te tenir compagnie.

Shana vint les rejoindre avec trois amis du lycée, deux garçons Isham et Erdouan et une fille, Rose. Ils allaient passer une agréable après-midi ; au moins ça le distrairait un peu, pensait Shana et, Jérémie, lui, aurait l'impression de renouer tant soit peu avec sa vie antérieure bien réglée, sans anicroches, avec ses repères sûrs et surtout sans inquiétude. En effet, le fait de se retrouver dans une piscine lui fit retrouver des gestes automatiques. Il était venu pour nager, alors il enchaîna ses longueurs, il nagerait, oui, et c'est ce qu'il fit de manière obstinée, sans un regard pour les autres, à la stupéfaction des amis de Shana qui, eux, sautaient du plongeoir, partaient pour des coulées subaquatiques de dix mètres, revenaient en surface pour tirer les jambes de leurs amis et repartaient à nouveau vers le plongeoir pour des sauts périlleux qui n'en étaient pas, tellement leur adresse était confirmée. C'est Shana qui alla vers la ligne d'eau que parcourait Jérémie ; elle voulut le stopper à plusieurs reprises. Au bout d'une heure, elle finit par le prendre par le bras, le stopper dans son virage. Il était essoufflé ; il nageait vraiment bien mais là visiblement, il était allé à la limite de son rythme. Un maître-nageur qui devait l'observer depuis un moment vint même le sortir de l'eau. Jérémie était blanc, à la limite de l'évanouissement maintenant qu'il s'était mis en position verticale. On le remit en position allongée et là, conscient de ce qu'il venait de faire, s'écroula en larmes.

Oui, il avait voulu d'une certaine manière ne plus voir la réalité, disparaître corps et esprit pour ne plus être confronté à la situation du moment, souffrir encore plus dans l'effort physique face à l'eau pour oublier l'autre douleur, celle de ne pas pouvoir aider son amie Cemile. Il pleura un bon moment et cela lui fit du bien. La souffrance était libératrice !

Jérémie mangea quelques pâtisseries dans le centre sportif pour se remettre en forme et tous les cinq partirent alors pour un grand détour dans Grenade, un détour sans rappel historique, sans date, que des sourires, des blagues, des questions toutes ordinaires et même des arrêts dans des belles boutiques de vêtements. C'est Shana et son amie Rose qui, d'un mot, les attiraient dans ces lieux. Les garçons grimaçaient un peu, protestaient encore une fois mais sans véritable conviction, ils les suivaient alors pour ne pas les perdre de vue. De la rue Colon, ils étaient revenus par la rue Reyes Catholicos et finirent par arriver près d'une grande bâtisse.

Qui eut cette idée ? peut-être Shana ; avec son regard espiègle, elle était capable de convaincre une troupe entière, celle-là ! Ils se retrouvèrent près d'une entrée ; tout semblait clos. Un couvent !

— Il est fermé ?

— Non, c'est spécial, tu vas voir ! répondit malicieusement Shana.

Trois personnes dont un bébé attendaient déjà près d'une grande porte close qu'ils essayaient vainement d'ouvrir. Ils venaient présenter le bébé à un membre de leur famille, une none qui était à l'intérieur.

Jérémie voyait bien que sa troupe n'avait rien à présenter, ni lui, ni les autres ; il s'apprêtait à faire demi-tour quand les jeunes parents tirèrent sur une cloche ! Hélas, elle était muette, le cordon était coupé. Ils appuyèrent sur un bouton qui résonna à l'intérieur ; il y avait bien un cordon plus moderne que la ficelle, un lien électrique qui cette fois reliait le monde intérieur et le monde extérieur de la bâtisse.

Quelques paroles et on leur ouvrit une seconde porte car la première n'en était pas une véritablement mais plutôt une ouverture sur un placard.

C'est Shana qui actionna de nouveau la sonnette. Cette même petite porte s'ouvrit. Cette fois, Jérémie eut le temps de voir une grande étagère.

— C'est la Torna, l'étagère tournante !

Une petite voix, sortie de nulle part, énonça alors :

— Ave marie Puri sima

Tous se regardèrent sauf Shana qui, au grand étonnement des autres répondit :

— Concebida sin pecado !

C'était « Marie conçue sans péché ! »

Alors l'étagère se garnit de gâteaux divers et autres confiseries.

— Jérémie, tu choisis ? Je t'en offre !

Vers lesquels tendre la main !

— Non, il faut choisir, exprimer notre choix et la none va garnir l'étagère des produits choisis.

C'était drôle, Jérémie n'avait jamais connu pareille situation.

Sur l'étagère, des sachets de madeleines, des petits sablés au citron ! Shana énonça un choix rapide et déposa un billet !

La porte du tourniquet se referma, on entendit remuer de la marchandise à l'arrière et la porte s'ouvrit à nouveau : les confiseries choisies étaient là, la monnaie juste à côté.

Le placard répondit :

— Buenos tardes

Aucun visage, c'étaient les présents sacrés des nones, délivrés par des voix impénétrables !

Jérémie goûta immédiatement aux petites douceurs ; seuls Erdouan et Isham refusèrent poliment les gâteaux présentés. Shana expliqua que c'étaient des spécialités des couvents, ici, à Grenade, mais achetées ailleurs, elles ne bénéficiaient pas de la cérémonie de la pureté de la vierge.

Shana venait souvent, disait-elle, pour sourire devant ce placard et puis elle aimait en offrir à son père Maïmone qui adorait déguster ces *dolces* en soirée.

A la troisième tournée de madeleines, Shana essuya encore un refus d'Isham et de Erdouan.

— Qu'est-ce qui vous arrive, vous ne voulez plus de mes gâteaux, vous allez devenir des maigrichons ! Elle avait l'habitude de provoquer, cela se voyait, c'était comme le premier jour avec Jérémie. Et les petites nones ne vont pas être contentes, elles vont lire dans votre cerveau et le petit Jésus vous punira !

Cette fois, Isham, qui avait essuyé de multiples taquineries depuis le début de l'après-midi, lui répondit assez sèchement :

— Ça suffit avec ton Jésus ; est-ce que je te parle du Coran ; moi !

Il y eut  un blanc très sec. Jérémie regarda un peu à droite et à gauche ce qui pouvait se lire sur les visages. Cette fois, le dialogue n'était pas pour tout de suite !

Jérémie, curieux et de nature à vouloir concilier les avis, osa :

— Ils existent depuis longtemps ces gâteaux ?

— C'est une tradition judéo-chrétienne ! Avant, et désignant du coin de l'œil Isham et Erdouan, ils s'en fichaient de la tradition des gâteaux, ils les mangeaient, mais maintenant, qu'est-ce qui leur prend, ils ne les trouvent plus bons, pas comestibles, interdits de consommation. Et elle ajouta acerbe, impurs sans doute ! Comme moi bientôt !

Cette fois, les paroles avaient cinglé ; les visages des deux garçons étaient devenus blêmes, plus blancs que le visage de Jérémie au sortir de piscine.

Jérémie regrettait presque sa question mais au moins il allait commencer à savoir qui il fréquentait.

— Bon, à demain peut-être, coupa court Erdouan qui fila dans une petite ruelle en compagnie d'Isham.

— Je ne sais pas ce qui leur arrive à tous les deux, mais là ça me gonfle ! Ils commencent à parler de religion alors que jamais on n'avait un point de discorde, mais vraiment là, au point de ne plus vouloir de mes gâteaux ; bientôt ils ne voudront plus venir à la piscine avec nous, enfin avec toi, peut-être, mais avec une fille non, je vais les rendre impurs !

Jérémie n'avait rien vu venir. C'est-à-dire que depuis le matin, il avait tout fait en aveugle ; il constatait à l'instant que sa cécité venait de s'achever au moment où Erdouan et Isham avaient soudainement quitté le groupe. Rose écoutait en souriant ! Shana, elle, semblait marcher avec encore plus de détermination que d'habitude et une certaine arrogance.

Ici aussi, visiblement, quelque chose couvait et avait tendance à effriter les relations cordiales. Il en parlerait discrètement demain.

Shana raccompagna Jérémie jusqu'à l'appartement de Ouri. Elle y resta un moment, lui suggéra d'écouter de la musique, mit même un CD en lecture :

— C'est un enregistrement lors d'un de mes derniers concerts en Suisse.

Elle était allée se produire en Suisse ! Décidément, il ne savait pas grand-chose de celle qui allait bientôt l'héberger. Demain, il aurait l'occasion d'en savoir vraiment plus et puis ces deux jeunes, c'était bizarre quand même !

# 17

Ouri se couvrit de son grand chapeau comme d'habitude ; Jérémie osa ironiser sur le rebord qu'il compara aux auréoles des tableaux byzantins ! Ouri se mit alors à nommer Jérémie avec emphase, comme sa mère en plus ! C'était « *Jérémie Gomé* » par-ci et « *Jérémie Gomé* » par-là.

Shana qui venait d'arriver, en remit une couche pour titiller bien aimablement le jeune homme. C'était « *senior Jérémie* », « *senior Gomé* », répété sur un rythme varié et une musicalité différente, à croire qu'ils s'étaient passé le mot. Jérémie répondit en souriant, comme une excuse d'être allé trop loin.

Ouri fit bientôt accélérer le départ car il fallait accueillir le groupe de visiteurs à l'heure prévue devant l'office de tourisme. Ouri marchait dans la rue à grandes enjambées. Se rendait-il compte qu'il faisait presque trottiner Shana à côté de lui ?

Ouri fit l'appel, distribua des autocollants à placer sur un vêtement de manière visible et ils se mirent en route.

— Bien sûr, admirez le travail des maçons qui empierrent les rues et observez comment ils dessinent les motifs des fleurs. Le végétal est vraiment un élément décoratif, vous allez le découvrir.

Chacun pouvait écouter le murmure de l'eau qui dévalait les ruelles en pente.

— L'eau a été de tout temps repérée, canalisée avec prouesse. On ne sait pas très bien d'où elle provient mais elle enchante les lieux. L'eau a été magnifiée ici, les trois rivières de Grenade ont été honorées ; trois robinets pour trois sources, celle du Darro, celle du Genil et celle du Beijo.

Jérémie observait la porte de la Justice, la porte d'entrée de l'Alhambra. Etait-elle éclairée ? Mais non, c'était sa couleur lumineuse

Jérémie remarqua l'immensité de la porte mais il fut attiré par son grand arc en fer à cheval. Sur la clé de voûte, il aperçut une main sculptée, ouverte. Tout ce dont Cemile lui avait parlé lui revenait en tête : les cinq doigts associés aux cinq piliers de l'islam. Que lui avait-elle caché pour garder le silence ?

A cet instant, les explications d'Ouri résonnaient dans l'espace minéral. Feraient-elles écho à quelque chose chez le jeune homme ?

— Quelques mots sur cette grande bâtisse qu'est l'Alhambra et vous allez traverser l'histoire : ici, existait une fortification wisigothe sur laquelle les musulmans conquérants ont bâti l'Alcazaba, une forteresse. Ensuite ce sont des dynasties Zirides au onzième siècle qui l'ont incluse dans l'enceinte fortifiée de la ville. Par la suite, avec les Nasrides, Muhammad Ier fixa sa résidence sur le haut de la colline et débuta la construction d'un palais et de murailles...

Pour le moment, l'histoire récitée par le guide le laissait de marbre tant ce qu'il disait remontait loin dans les profondeurs du temps.

— Dans l'histoire, il faut aussi situer les rois catholiques, la reine Isabelle et le roi Ferdinand, vous avez tous en tête la date mil quatre cent quatre vingt douze et le départ de Colomb pour les Amériques. Ces derniers rois ont marqué de leur empreinte tous les monuments ici. C'était la « conquistada ».

Jérémie dressa l'oreille : on se rapprochait de l'époque contemporaine. Les indices seraient peut-être là ! On lui avait parlé d'aïeux lointains ! C'est une famille qu'il voulait trouver ! Cependant, le langage historique conservait la froideur des descriptions malgré la richesse des détails :

— C'est surtout Charles Quint qui eut l'idée, comment dire, l'audace, de construire un château Renaissance dans le palaismême de l'Alhambra ; la conquête ne pouvait s'achever qu'en se scellant dans la pierre sur le terrain même de l'ennemi.

Le contraste était saisissant entre le marbre froid du château et les briques flamboyantes des murailles nasrides. Des touristes déjà attardés appréciaient plus l'eau fraîche que le fer à cheval. Un autre retirait un gravillon d'une chaussure. Ouri attendait patiemment que la curiosité naisse de son mutisme.

« Il sait y faire en matière de silence », se dit Jérémie, confronté, lui, au silence des révélations. Mais peut-être qu'il écoutait sans connaître les clés de déchiffrage des tableaux et des textes qu'on lui présentait.

A cet instant, un autre jeune homme s'approcha du guide. Depuis le départ, Jérémie avait vu qu'il s'intéressait aux explications ; il opinait devant les détails donnés montrant ainsi sa connaissance du sujet et presque son envie irrésistible d'en dire davantage. Devant son insistance, Ouri lui laissa la parole à plusieurs reprises : il tenait à souligner que plus de deux mille personnes vivaient dans cet espace militaire fortifié de l'Alcazaba. Bien sûr, il y avait les textes religieux et le jeune homme, toujours le même, tint à souligner la phrase qui revenait dans toutes les salles : *la gallib illa Allah*, et il traduisit bien à l'adresse du groupe entier cette fois : *il n'y a de vainqueur que Dieu*.

Finalement, ce jeune avait l'air bien érudit et c'est peut-être vers lui que Jérémie devrait se tourner pour se faire délivrer les clés de sa recherche !

Où se situaient-elles ? Dans la force des couleurs de la salle du Méchouar : l'or pour la royauté, le rouge pour le pouvoir, le vert pour le paradis et le bleu pour l'espérance. Espérer ! Cela avait trop duré ! Maintenant, il voulait surtout le pouvoir, pas celui de roi, non, celui de connaître son ascendance ! On le laissait languir, c'était évident ! C'en était trop ! Et ce n'était pas dans les compositions symétriques et répétitives des azulejos qu'il trouverait la réponse tant elles paraissaient inanimées.

Jérémie fut tout de même séduit par le patio des Myrtes et la tour de Comares : des pierres et de l'eau qui se jouaient de la lumière pour offrir à chaque pas des luminosités différentes et des reflets où se fondaient le ciel, l'architecture et la nature sur fonds de gazouillis aquatique. Etait-ce l'effet des quatre éléments, l'eau, la terre, l'air et le feu ? Jérémie se promenait au cœur d'un *« halo poétique et dans le clair-obscur des songes »,* oui, Bachelard avait vraiment raison, *« on pouvait y respirer la paix ».*

Alors que l'Alhambra élevait sa splendeur comme une chandelle et éclairait de ses feux toute la vallée, toute la Vega et même plus loin jusqu'aux premières dents de la Sierra Nevada, Jérémie ressentait un bien-être mais celui-ci lui paraissait enfermé, comme impossible à mettre en lien avec ce qu'il devait découvrir. Il lui manquait peut-être des traits d'union, ou alors ? Jérémie venait de se souvenir de Picasso et du musée : fallait-il inverser son point de vue, le croiser avec un autre ? Bachelard l'avait bien fait pour l'Alhambra : il avait bien dit que ce n'était pas le feu qui éclairait mais la flamme de Grenade qui flamboyait. *« Licht macht Feuer », c'est la lumière qui fait le feu ».*

Jérémie serait bien resté plusieurs minutes à rêver, à interroger l'horizon coloré mais encore diaphane qui distillait ses peaux de chagrin sous la chaleur naissante ; il aurait encore bien admiré quelques instants ce plan d'eau équilibré dans ses formes, ses doubles, son bleu et son vert pour se frayer un chemin vers SA vérité. Aurait-il trouvé enfin sa véritable image dans les reflets ?

Qu'espérait Shana quand elle vint près de lui, lui effleurant l'épaule de la main ? Les quatre éléments de la nature lui auraient aussi provoqué un certain trouble ? Jérémie se retourna lentement, encore possédé par ses rêves qui avaient cheminé vers des pensées. Comment allait sa mère, il n'avait pas encore reçu de nouvelles ! Et Cemile ? De toute façon, il ne pouvait pas répondre avant l'après-midi ; enfin, il bénéficierait d'un téléphone ! Shana regardait maintenant, bien en face d'elle, la haute tour de Comares, marchant un peu en zigzag comme si ses jambes allaient dessiner et tricoter une tresse en ce lieu. Elle rêvait aussi, peut-être au spectacle qu'elle devait assurer les jours prochains. Le groupe s'était éloigné et le patio étendait son miroir harmonieux. Ils le rejoignirent rapidement dans la salle des ambassadeurs : pas un seul centimètre carré n'était laissé sans décoration. Jérémie entendit parler des sept ciels du paradis musulman. Il les voyait richement représentés dans des niches poursuivant leur ascension successive vers des sommets. C'était donc cela, atteindre le septième ciel : atteindre le bonheur, inscrit graduellement d'étage en étage, toujours plus intense. Et le sultan assis au sol avait, lui, le privilège de regarder les cieux bien à l'aplomb de son fauteuil. « Il faut au moins que le monde chimérique, quand on s'y transporte, nous dédommage du réel », avait écrit Chateaubriand. C'était sûrement vrai ! La réalité de Jérémie s'effilochait au fur et à mesure qu'il essayait de tendre les trames de son histoire. On lui avait parlé d'ancêtres, il ne voyait que des cieux d'espérance ! Aucune réalité tangible ! Assez des fantasmes, pensa Jérémie. Il n'était pas venu de Turquie pour faire du tourisme ! Il fut ramené à l'instant présent quand, un jeune homme, toujours le même, très avide de montrer sa connaissance, intervint pour souligner l'existence du huitième ciel, celui où habite Allah. Ouri fronça ses sourcils très épais. Le jeune garçon tenait à guider lui-même le groupe dans la salle suivante. Ouri le stoppa et le précéda. On arrivait dans la salle des lions. *C'est comme un paradis*, s'empressa de dire celui qui venait d'être ramené à l'état de visiteur. En effet, les colonnes de marbre, l'eau qui circulait dans les rigoles, la grande vasque centrale supportée par les douze lions révélaient toute leur magnificence.

Jérémie traversa la salle des rois, représentés sur des tentures et des tapisseries. A l'échelle du temps, les visages millénaires offraient encore leur regard sur ce monde ! Et que pouvaient-ils bien penser de son évolution ? Pendant une seconde, Jérémie eut un flash ; il venait de voir la Syrie, la Turquie et cette Andalousie comme trois petits villages où des tribus voulaient asseoir leur pouvoir. Ce n'était qu'un flash mais il mettait en lumière des modifications politiques et culturelles déterminantes dans le monde, qui, comme un jeu de mikado, à chaque fois qu'on voulait bouger ou ôter une pièce, déstabilisaient tout l'espace de jeu. Jérémie reprit ses esprits : alors qu'Ouri proposait de continuer la visite du palais de Charles Quint, le jeune homme, toujours le même, s'avança face à Ouri et vociféra tout net :

— Le château de Charles Quint, les Chrétiens, moi, je m'en passe ! Il faudrait les virer ! C'est à notre tour de revenir ici, c'est chez nous ici !

Jérémie resta coi. Que se passait-il ? Ouri, un peu stupéfait mais habitué aux humeurs de visiteurs maniaques, récalcitrants ou rebelles, arrêta les discours dithyrambiques du jeune homme ! Après un silence, (encore un, il savait y faire !), il invita, sans monter le ton, le jeune contestataire à les quitter et à poursuivre le chemin qu'il envisageait dans la plus grande sérénité. Le ton était net, poli mais tranchant de détermination.

Les touristes habituellement attardés collaient maintenant au groupe en forme de soutien à Ouri. Jérémie et Shana s'étaient eux aussi rapprochés de lui. Shana un peu craintive peut-être, collait son épaule contre celle de Jérémie. Elle dansait et chantait bien mais il l'avait prise pour une extravagante, un peu écervelée ; finalement, elle lui apportait une présence réconfortante. Jérémie regardait la grande cour circulaire du palais, ses arcades en enfilade et son acoustique excellente. Shana ne put s'empêcher de lancer quelques triolets en guise d'essai. Elle n'était pas encore venue chanter ici ; ce serait pour bientôt, affirma-t-elle ! Ouri annonça qu'il achevait sa visite guidée. Il invitait le groupe à déambuler dans les frais jardins où la musique de l'eau berçait tous les visiteurs. Les deux jeunes marchèrent assez longtemps mais se parlèrent peu. Shana avait-elle déjà compris la règle et la richesse du silence ! Cependant, elle veillait sur Jérémie et lui adressait des regards chaleureux. Ils s'assirent un bon moment sur un muret et échangèrent longtemps sur Cemile et son histoire, sur sa mère et sur le jeune qui avait osé prononcer des paroles agressives et même guerrières. Petit à petit, ce sont leurs propres intérêts qui prirent le pas sur les soucis des autres. Shana invita Jérémie à découvrir le grand parc, boisé et ombragé qui longeait le Genil. D'un petit coup de coude, elle l'invita à la suivre pour prendre une restauration rapide et, en courant, ils allèrent prendre d'assaut un banc de fer forgé. Sous les grands arbres, au cours de conversations sur les chansons, sur leur avenir aussi, naissait une amitié, c'est du moins ce que pensait Jérémie, heureux de la voir plus sage, plus tolérante et plus à l'écoute qu'il ne l'avait imaginée. Il se mit même à feindre une course folle auprès d'elle pour goûter plus encore à la joie indicible d'être en ces lieux.

Ils vinrent enfin retirer le téléphone réservé. Le premier geste de Jérémie fut d'adresser un SMS à Cemile : pas de réponse. Le second message fut pour sa mère qui le rappela : ça allait mieux, mais elle devait encore être très prudente dans ses gestes. Son père la soignait à partir de lupin, cette plante peu connue et pourtant très utilisée pour soulager les douleurs liées à l'inflammation du nerf sciatique. Jérémie posa des questions sur son retour. Il faudrait attendre ! Jérémie lui raconta la visite de l'Alhambra, la beauté des monuments. Il tenta quelques questions de généalogie, c'était le moment, elle avait bien promis une réponse en montant les marches vers le sommet de l'Albaycin, mais il n'eut en retour que des réponses évasives. Les aïeux restaient inconnus, évoqués mais jamais dévoilés. Ils étaient du passé mais avaient toujours rendez-vous plus tard. Jérémie essaya un détour dans la conversation : c'est aux marges que se situe la réalité des choses ; on peut y lire comment se dessinera le futur. Alors, il commença à lui parler du jeune rebelle qui avait osé provoquer le guide Ouri. Il lui demanda même, si de son côté, ça lui arrivait. Quelquefois, c'était certain mais c'était à prendre à la légère, avait dit Myriam ! Etait-elle sincère ? A distance, Jérémie eut du mal à le savoir. La conversation prenait des airs de salamalecs ! Il raccrocha sèchement. « Elle ne voulait rien dire, elle avait pourtant promis, eh bien, elle allait voir ! »

— Ne te tracasse pas pour ça, affirma Shana quand ils se retrouvèrent tous les deux. Elle va t'aider, elle ne peut pas tout te dire, elle a sans doute de bonnes raisons ! Sois patient ! Et puis pour ce jeune rebelle, il y a des écervelés partout. Ne fais pas attention !

— Tout de même, il avait l'air en colère et en vouloir aux Chrétiens très méchamment !

— On en parlera à tonton !

C'était la première fois que Jérémie entendait Shana dire tonton pour Ouri. C'était son oncle et Jérémie avait fini par l'oublier un peu car le professionnalisme du guide avait effacé la relation intime.

# 18

Jérémie commençait à s'habituer à Ouri, au guide mais aussi au tonton de Shana. Il était devenu un proche en quelque sorte. Pourtant, dès le lendemain, Jérémie devrait déménager : en effet, Ouri accompagnait un groupe de touristes vers Cordoue et Séville pour plusieurs jours et il n'était pas question pour lui de laisser Jérémie seul. Il irait donc chez les parents de Shana comme cela avait été convenu.

C'est Maïmone qui vint le chercher ; Jérémie reconnut bien vite le sosie d'Ouri, mais il l'accueillit comme un étranger, avec amabilité certes, mais à ses yeux, c'était bien un étranger. Jérémie comptait sur Shana pour enfin commencer un séjour, un peu à l'européenne, avec un échange à la clé, pourquoi pas, cela viendrait, pensait-il, compenser l'échec de ses recherches généalogiques ; d'ailleurs, où s'adresser et à qui ? Les ancêtres n'étaient que des fantômes réduits à errer dans les souterrains, poursuivis par des chiens nocturnes ! Remonteraient-ils à la surface un jour ?

Il allait donc connaître une famille d'Espagne, qui plus est d'Andalousie ; et connaître des jeunes lycéens car Shana semblait connaître bien du monde.

Maïmone montrait cependant beaucoup d'attention ; Jérémie, lui, se montrait obligé mais réservé. C'était normal, pensa Maïmone, il commençait à s'habituer à Ouri et là, on lui infligeait une rupture. La relation a toujours besoin de temps pour s'établir ; commencer par de la réserve n'obère pas une relation plus aimable et chaleureuse à l'avenir.

Maïmone habitait aussi le quartier de Realejo, à cinq cents mètres de chez Ouri si bien qu'ils eurent à peine le temps de s'adresser la parole durant le parcours. Ils arrivèrent devant un grand immeuble de caractère. Au troisième étage, ils sortirent de l'ascenseur et pénétrèrent dans un appartement à l'acoustique particulière. Tous les sons étaient feutrés. Maïmone le précéda dans une grande entrée ; ils traversèrent une cuisine contemporaine prolongée par une grande salle à manger, Jérémie entrevit plusieurs bureaux. Maïmone lui montra, avec un grand sourire, la salle où il pourrait s'entraîner à chanter, Shana avait déjà dévoilé cette confidence ! Et seul, s'il le voulait ! Il suffisait de fermer la porte et c'était le silence à l'extérieur ! Il montra une autre pièce : c'était un véritable studio d'enregistrement. Jérémie savait que Maïmone jouait de la guitare et que Shana chantait mais de là à avoir un studio à domicile ! Il rêvait ; ce n'était pas possible ! Lui, en Turquie, avait du mal à bénéficier d'une très petite chambre qui faisait office de bureau. Maïmone l'entraîna à l'extrémité de l'appartement et lui présenta sa chambre, puis celle de Shana, bien en désordre. La leur, celle des parents, était à l'autre extrémité de l'appartement.

— Ça nous fait vraiment plaisir que tu viennes chez nous, tu sais ! Tu vas vivre avec nous pendant quelques semaines. Judith, ma femme, a promis d'arriver d'un instant à l'autre. On va l'attendre mais on peut déjà boire quelque chose ; un thé, un café, un jus de fruit ? Jérémie opta pour un coca. L'esprit de contradiction ?

Jérémie et Maïmone se regardaient furtivement ; Jérémie scrutait l'appartement et Maïmone faisait semblant de regarder ailleurs, si bien que leurs regards ne parvenaient pas à se croiser. Un certain malaise s'était installé dans la pièce. Aucun des deux ne semblait vouloir ou pouvoir aller plus avant dans la relation. Heureusement que Judith et Shana arrivèrent. Elles étaient déjà allées en répétition à l'extérieur pour un spectacle en préparation.

Shana sourit tout d'abord ; Jérémie fut presque soulagé de sa présence. En effet, que dire à des adultes d'âge assez mûr. Ils portaient leur quarantaine avec entrain et dynamisme mais c'était quand même la quarantaine, presque des vieux pour Jérémie, enfin, comme sa mère !

— Alors, Jemmy, ça te va ?

Pourquoi Jemmy ? Personne ne l'avait encore appelé ainsi ! Encore pour le taquiner et peut-être avait-elle remarqué l'atmosphère assez glacée à son arrivée. Tu fais ce que tu veux ce matin, mais cette après-midi, on va au lycée ! Est-ce que c'était une proposition ou un dictat ? Jérémie acquiesça. Avec les jeunes, ce serait plus facile, ils auraient le regard moins interrogatif.

Il y eut quelques phrases un peu toutes faites entre Maïmone et Jérémie, un peu plus chaleureuses avec Judith, car elle lui rappelait sa mère. Maïmone semblait plus embarrassé.

Jérémie s'installa dans sa chambre, d'abord sous le regard de Shana, puis seul. Elle quitta la chambre en prononçant un Jemmy sur un air de « rock and roll ». Vraiment, elle avait du caractère la nièce d'Ouri. Il profita du calme pour commencer à lire de nouveau. Il avait apporté l'ouvrage proposé par sa mère : le médecin de Cordoue. De temps en temps, il refermait le livre et repensait aux dernières semaines passées en Turquie. Pas à un seul moment, il n'avait imaginé cette situation. Mais c'en était une, d'étranger, bien privilégiée : même la salle de chant ! Jamais il n'y avait pensé, et pourquoi pas après tout, se dit-il enjoué à l'idée de s'éclater devant un micro et de voir ce qu'il pouvait sortir de ses tripes.

En début d'après-midi, Shana et lui se dirigèrent vers le lycée. En cours de chemin, elle lui parla un peu de ses parents et lui fit comprendre qu'ils l'accueillaient avec plaisir, qu'il n'y avait pas d'arrière-pensée, qu'ils étaient modernes comme parents ! Elle avait perçu le malaise ! Jérémie se promit d'être aussi aimable et serviable à leur égard. Pour le moment, il entrait dans le lycée ; il allait fréquenter une terminale scientifique alors que Shana était en arts appliqués.

On l'observa étrangement au début puis tout sembla rentrer dans l'ordre. Il aurait les mêmes contrôles que les autres élèves. Bien sûr, pour la langue, ça allait être plus difficile. L'après-midi se passa à merveille. Il put vérifier que son niveau en mathématiques et en physique était supérieur à celui de la classe. Quant à l'espagnol, il irait à l'école d'espagnol à Grenade, l'Instituto Mediterraneo Sol. Ce fut une proposition de Maïmone au cours du repas du soir. C'est lui qui offrait les cours. Jérémie avait entendu les qualités de cette école et avait accepté cette idée d'emblée en remerciant vivement Maïmone, mais par rapport au coût, il en parlerait à sa mère. L'institut n'était pas éloigné : il était à deux pas du domicile de Shana. Et puis, il prendrait un peu l'air ! Tout le monde devenait envahissant, même Shana !

Le soir, on lui proposa d'accompagner la troupe pour un spectacle à Jean, au nord de Grenade. Cette fois, il refusa poliment, prétextant un peu de fatigue. Il essaya immédiatement d'appeler Cemile : pas de réponse ; le numéro n'était plus en service. Il tenta un message. Il réussit à contacter sa mère qui se remettait un peu de sa lombalgie mais elle ressentait toujours une grande douleur. Elle répéta plusieurs fois que son séjour allait être très agréable chez Shana, Maïmone et Judith. Elle se montra un peu étonnée de la proposition de Maïmone par rapport aux cours d'espagnol mais elle demanda de le remercier, cela, il fallait bien le lui répéter. Rien sur l'actualité et encore moins de nouvelles de Cemile. Sa mère semblait passer rapidement sur ces questions et enchaînait sur des banalités. Ce n'était pas son genre pourtant ! Jérémie coupa court à la conversation encore une fois !

Alors, trouvant le silence de l'appartement bien agréable, feutré même, il commença à déambuler dans la cuisine, dans le couloir, dans la salle de chant ; il essaya quelques notes et se trouva ridicule : pas de résonance, une impression que le son se diffusait dans du buvard ! Il fit une seconde tentative pour un même résultat ; alors il se mit à déclamer des sons plus ou moins longs, sous une forme jazzy en variant les intensités et les prononciations ! Tiens, tiens, c'est pas mal ! Et il referma la porte, se dirigea vers la salle d'enregistrement ! Finalement, elle lui faisait envie ; mais non, il verrait avec Shana d'abord, juste une petite minute, histoire de voir ! Il marcha lentement, tressa des jambes, lui aussi, observa le sol, regarda en l'air, puis les murs. La porte de la chambre de Shana était entrouverte ! Une délicieuse odeur parfumée baignait l'espace. Il n'avait pas bien observé cette chambre lors de la présentation. Le désordre apparent laissait tout de même deviner beaucoup de goût dans la décoration. Il allait faire demi-tour, car il ne voulait pas enfreindre l'intimité de chaque lieu, quand son regard aperçut un tableau blanc et ce qui était écrit en grand : « Très sympa, mon Jimmy! »

Elle l'avait volontairement écrit sur son tableau sachant qu'il allait rester seul et de fait, il aurait fait son curieux ! Eh bien, il ne lui en soufflerait pas un mot ! Il fallait qu'il se taise ! Elle rentrait dans sa vie un peu à la hussarde ! Mais c'était peut-être sincère après tout ! Il n'en dirait rien quand même ! Il aurait pu revenir vers sa chambre mais la tentation de découvrir l'autre extrémité de l'appartement fut plus forte que la censure. La porte de la chambre des parents de Shana était aussi entrouverte. Un grand lit défait, des tapis, mais surtout un grand tableau : Jérémie resta interdit devant cette toile de plus deux mètres de long qui couvrait le mur blanc. Le rouge illuminait tout l'espace. Une jeune fille habillée d'une robe rouge écarlate dansait autour d'un feu. Les cheveux bruns tombant sur la nuque, un tambourin dans une main, des bracelets sur le poignet, une main en l'air et la seconde devant elle, enroulant son bassin, elle semblait écrire une histoire tout en regardant le sol. En arrière-plan, une grande roulotte de gitans verte et sienne était immobilisée, en pleine nature entre champs, buissons, collines et montagnes au loin. La nature à elle-seule participait du voyage de ses hôtes, au goût de liberté et de refus de l'asservissement, parfois paisible, parfois dangereux, mais toujours de longue haleine ; au fil des jours, l'aventure était à portée de chemin, pour qui voulait suivre la roulotte. Les roues noires et rouges, de petite dimension à l'avant et grande à l'arrière attendraient au moins cette nuit avant de reprendre la route pour une nouvelle destination. Deux chevaux entravés broutaient, pas très loin. Juste en arrière de l'âtre improvisé, toute une famille accompagnait de ses instruments et de leur regard intense l'élégante et charmante danseuse. C'était juste après un repas alors que la nuit commençait à envelopper la troupe. Les flammes orangées, la braise rouge, l'adolescente qui semblait sauter et rebondir sur le pré, toute la lumière concentrée sur un foyer à l'air libre, Jérémie eut l'impression de ressentir le tableau, il entendait la musique comme le soir de la représentation au Sacromonte. C'était étrange : de la musicalité, de la chaleur et pourtant comme un air de mélancolie. Il avait eu l'impression un instant d'avoir pénétré le tableau, d'avoir été un des acteurs ! Non, ce n'était pas possible, c'était la fatigue, le dépaysement multiple. Il regarda encore une fois le tableau en se retournant, histoire de n'y voir que le côté pictural mais il s'aperçut qu'il était à nouveau attiré par ce qui était joué à l'intérieur. Il se détacha à nouveau de cet aimant et rejoignit sa chambre. Il se mit à lire *le médecin de Cordoue*. Sa mère lui avait laissé entendre qu'il apprendrait quelque chose ! Alors, il allait voir ! De temps à autre, l'image du tableau lui revenait comme un flash. Ils étaient gitans, ils jouaient de la musique, c'était normal qu'ils aient un joli tableau relatant la vie de leurs ancêtres ! Eux au moins en avaient, des ancêtres, et ils savaient qui ils étaient. C'était une certitude ! Mais pour lui, Jérémie, il n'en savait rien, il allait les découvrir, avait dit sa mère, et pour le moment il ne voyait rien que des personnes accueillantes et agréables, compréhensives en la personne de Maïmone, chaleureuses en la personne de Judith, charmantes même en celle de Shana, mais tout cela ne l'aidait pour rien au monde. Sa mère avait pourtant insisté, qu'il allait faire du lien avec ses aïeux ; pas besoin des aïeux des siècles derniers, pensait-il, si seulement je me limitais à mes grands-parents ! Et mon père aussi bien sûr ! C'est ainsi que les images colorées et lumineuses de la scène des gitans s'effacèrent non sans mal, progressivement. *Le médecin de Cordoue* commençait à devenir un livre intéressant au point d'absorber toute son attention.

Pourquoi sa mère avait-elle tant insisté pour qu'il le lise ? On y parlait de Cordoue. Et Jérémie ne pouvait s'empêcher de basculer de Cordoue à Istanbul. Il lisait avidement : « Le monde était alors comme un tamis secoué par la colère. Il y eut des empires d'un siècle et des empires d'un jour. Quelque chose cherchait à naître, que nul ne reconnaissait encore, et qui ne naît que pour mourir, je veux dire l'homme en tant que créature particulière. Jérusalem était détruite, Athènes oubliée, Alexandrie en cendres, Ispahan engloutie dans la légende... » Jérémie avait poursuivi mentalement : Alep détruite, Beyrouth détruite, Sarajevo pilonnée, la Syrie en explosion, les migrants sans solution, les grandes œuvres témoins de civilisations anciennes, assyriennes, détruites ou envolées pour une destination bien secrète et voilà qu'il venait d'apprendre par internet que le premier ministre Davutoglu « rendait son tablier ». La paix allait-elle durer dans son pays ? Au prix de quels combats ? Moïse l'espagnol, le narrateur du livre parlait de trois siècles de paix et de lumière à Cordoue : « il n'y a pas d'équivalent dans l'histoire des hommes d'une réussite semblable par la fusion de trois cultures dont chacune secrétait le meilleur pour une commune élévation ». Y aurait-il place pour un nouveau Cordoue dans ce Moyen Orient en guerre permanente ? Si sa mère avait conseillé ce livre, c'est que, lui, Jérémie, devait puiser des éléments qui le lieraient à son histoire : on y parlait de religion, encore, de trois communautés, l'hébraïque, la plus petite, l'Islam et les Latins. Il avait passé le plus clair de sa vie en Turquie et il comprenait maintenant que son installation définitive prenait tout à coup un versant tout provisoire, sujet aux modifications politiques et religieuses du monde. Il avait déjà vu où cela avait mené l'ami de sa mère, Hassan, mais il n'y avait pas accordé beaucoup d'importance sur le moment. A ses yeux, la raison et le bon sens devaient toujours l'emporter ! Mais que diable non ! Les faits historiques parlaient d'eux-mêmes, ils lui explosaient à la figure ! C'était cela apprendre alors ? Ce n'était pas prendre les choses à la légère mais absorber les instants, les vivre pour les connaître comme il avait pu connaître un peu Cemile. Apprendre c'était alors une véritable caresse avec l'objet découvert qui pouvait être la philosophie, la physique, les sciences de la vie, les mathématiques. Il fallait aller plus loin dans l'étude de la formule, dans le développement du concept, aller jusqu'à l'étreinte pour enfin connaître ! Prendre à bras-le-corps, oui naître et renaître alors avec l'objet étudié, comme on renaît et on se découvre avec l'être aimé. Apprendre, connaître, et aimer, toutes ces attitudes permettaient d'aller vers le savoir ! Jérémie releva la tête : ce n'était pas le savoir en lui-même qui importait alors mais sa propre réaction à la connaissance, sa modification permanente confrontée au réel, aux émotions, au savoir ! Apprendre n'était pas une action neutre en dehors de soi, non, notre moi était l'objet essentiel de l'apprentissage !

Dans ce livre si bien conseillé par sa mère, il découvrait justement que le héros Moïse l'espagnol avait connu des épisodes dramatiques. A cette période, des almohades fanatisés par un Ibn-Toumert franchissaient le détroit de Gibraltar au nom de Dieu. Cette lecture, c'était à n'en pas douter pour lui faire comprendre la situation au Moyen-Orient, lui faire admettre qu'il faudrait quitter la Turquie tôt ou tard comme d'autres avaient quitté le Maghreb, traversé l'Espagne pour un ailleurs. Mais bien souvent l'ailleurs était aussi en guerre ! A qui pouvait-il s'identifier dans le livre ? Au héros juif ? Au célèbre savant musulman Ibn Roshd, dit Averroes ? Ou tout simplement à la détermination de chacun des grands personnages de ne pas se perdre dans autrui mais d'affirmer sa volonté de devenir, au mépris de l'ignorance et de la foi qui, elle, sans raison, n'apporte que ténèbres ?

Il avait lu avec grand intérêt les découvertes physiologiques réalisées par le héros auprès de son oncle Joad, le boucher : presque un désir de devenir médecin par identification, mais c'étaient tout de même des événements du douzième siècle.

Le lendemain matin, tout le monde partit à ses occupations laissant Jérémie se reposer. Après une grasse matinée, il en profita pour continuer sa lecture qui semblait le mener sur un chemin à emprunter. Encore quelques ronces à couper, encore des sentiers non balisés à repérer, encore des symboles à comprendre et il aurait des clés pour savoir qui il était ! Enfin, il l'espérait !

Cordoue et les traces des invasions, le Guadalquivir et son pont romain, l'emplacement des anciens moulins, les vieux quartiers, la grande mosquée. Il n'avait pas achevé la visite de Grenade qu'il aspirait maintenant à découvrir cette ville historique ! Oui, il fallait qu'il aille voir !

Il entendit les clés tourner dans la serrure. Il était déjà midi. C'était Shana qui revenait déjeuner avec lui pour ensuite reprendre le chemin du lycée.

— Tu as déjà entendu parler de Ibn Roshd et de Moïse l'espagnol ?

— Euh, le premier un peu, oui mais pas du second !

— Il a existé réellement ?

Shana douta un instant, vérifia sur son portable :

— oui, il me semblait bien, c'est le nom arabe d'un grand savant musulman mais très éclairé ; on l'appelle Averroès dans les pays latins.

— Je me demande toujours pourquoi ma mère m'a conseillé ce livre ; c'est vrai, j'ai une notion historique de la ville mais ...

Shana ne répondit pas.

— Et, tu ne t'es pas ennuyé !

C'était une question ou une manière subtile de vérifier s'il avait fait le tour du propriétaire, pensa Jérémie.

— Je n'ai pas vu le temps passer !

— Oh justement, en parlant de temps ou d'emploi du temps, j'allais oublier de te faire passer le message : mon père tient une conférence sur un sujet de philo à l'université demain et il nous invite. Il prétend que ça va t'intéresser !

— A l'université, ton père donne des cours à l'université ?

— Oui, c'est son métier principal, prof de philo et de civilisation indo-européenne !

—Ah bon, je croyais qu'il était artiste !

— Oui, bien sûr, mais tu as remarqué, il ne dort pas beaucoup ; il travaille tout le temps ; pour lui, c'est une libération.

— Ah !

— Alors, tu vas venir ?

— Mais, on ne va rien comprendre !

— Si, si, Papa explique très bien, tu vas voir !

— Je vais aller à la fac avec un an d'avance ! Ooouah ! Je like !

Shana regarda Jérémie ; tiens, il se lâche au niveau de l'expression ; finalement il est peut-être plus cool que je ne l'imaginais ! Et elle souriait en coin.

— Et tu sais de quoi il cause ?

— Il m'a dit que c'était une surprise.

Après un déjeuner frugal, ils partirent joyeusement vers le lycée. Tout se passa encore à merveille. Jérémie bénéficiait sans nul doute d'une bonne formation. Les autres jeunes le regardèrent comme un garçon un peu doué mais sympathique. D'ailleurs, au sortir du lycée, deux jeunes en plus d'Isham et d'Erdouane l'invitèrent à « boire un pot » dans un café de la ville, dans l'Albaycin, près de l'église San Nicolas. Comme Shana ne pouvait pas venir, il accepta volontiers ce geste de camaraderie. Jérémie avait pensé qu'ils iraient dans un petit café presque en face de l'église mais ils l'invitèrent à continuer prétextant qu'ils venaient de découvrir un café bien sympathique tout à côté. Ils entrèrent ; Jérémie discutait et ne portait pas attention au lieu quand, pour commander, il regarda bien attentivement tout autour. Des tables, une ambiance particulière et des chants d'apparence religieuse. Isham n'arrêtait pas de lui montrer maintenant la beauté des lieux. C'était comme dans l'Alhambra, beaucoup de stuc, des motifs géométriques, des éléments de nature et des inscriptions, mais oui, Jérémie les reconnut, c'étaient, mais oui, des inscriptions où figuraient le nom d'Allah ; ses copains du jour étaient donc musulmans et, ainsi, il allait, avec plaisir, pouvoir discuter avec eux de leur croyance, de leur religion. Au bout de cinq minutes, Isham se mit à lui réciter le Coran. Jérémie trouva admirable de pouvoir réciter ainsi de mémoire des dizaines de versets mais il ne comprenait pas comment ce jeune camarade pouvait parler avec autant de conviction, autant d'adhésion, autant de ferveur et plus Jérémie écoutait et plus Erdouane prenait le relais de son ami. Jérémie tenta de parler d'autre chose, mais à chaque fois Isham revenait au Coran. Jérémie finit par lui dire qu'il respectait ses croyances mais que personnellement il n'en avait aucune. Ce qu'il venait de prononcer avait provoqué un silence sur toutes les tables d'à côté. Pendant une heure, ses camarades lui expliquèrent la nécessité de croire alors que lui se défendait de ne pas pouvoir encore croire car ses connaissances justement ne lui permettaient pas d'aborder le monde en pleine lumière. Il fallait qu'il aille approfondir toutes les matières et peut-être qu'un jour, après avoir bien digéré ce qu'il aurait appris, il serait à même de croire à quelque chose. Après cette réflexion, ses camarades l'emmenèrent dans des jardins bien agréables. Les gens dans ces lieux étaient d'une sympathie et d'une politesse extraordinaire. En plus, ces jeunes pourraient devenir des amis. Finalement Jérémie appréciait cette confrontation polie. Il s'aperçut bientôt qu'il se trouvait dans les jardins qui entouraient une mosquée. C'était un vendredi et beaucoup de gens arrivaient pour la prière. Il s'excusa et prit congé ; ses amis lui répétèrent qu'il serait toujours le bienvenu au café de la mosquée et dans les jardins.

Au dîner le soir, Jérémie en parla ouvertement ; c'est Shana la première qui le mit en garde.

— Ces garçons étaient très sympathiques mais depuis un certain temps ils deviennent moins tolérants. Je ne sais pas ce qui se passe mais j'ai l'impression qu'ils changent. Avant, ils parlaient de leur religion tranquillement, aimablement, mais maintenant, je ressens du rejet dans leurs propos, je ne sais pas pourquoi.

— On doit se rencontrer à nouveau les jours prochains !

— Ah !

C'est alors qu'intervint Maïmone :

— On peut toujours discuter et de tout ; à un moment, il faut savoir faire la différence entre amitié et prosélytisme !

C'était le père de Shana qui parlait ou le prof de fac, cette fois ? Ce n'était pas assurément le guitariste gitan, à moins que, par expérience ancestrale, il ait appris à être méfiant !

— Vous croyez que je dois me méfier d'Isham et de Erdouane ?

— On apprend beaucoup en échangeant, alors vas-y, et observe bien où on veut te mener, si tant est que l'on veuille et qu'on puisse te guider…

— Et puis, continua-t-il, en marquant cette fois un temps d'arrêt, arrête de me vouvoyer, je ne suis pas si vieux que cela, je n'ai pas l'âge d'être ton grand-père que je sache !

— Veuillez m'excuser, ça fait drôle, mais je vais essayer, je ne suis pas habitué à tutoyer ainsi les personnes plus âgées que moi, mais n'y voyez pas de l'irrespect, ma mère m'a éduqué comme cela ; je vais essayer quand même et..., je dois vous appeler Maïmone ?

— Essaie le tutoiement et puis le reste viendra !

Le reste ? C'était vivre avec eux le plus simplement possible, le plus cordialement possible, pensa alors Jérémie qui se promit d'être un peu plus disert avec les parents de Shana.

La soirée, il la passa d'abord à écouter Judith chanter avec son mari à la guitare, dans la salle d'enregistrement, puis il écouta Shana s'entraîner à chanter sur un fond musical. Maïmone les quitta pour achever la préparation de son cours du lendemain à la fac. Quand dormait-il donc ? pensa Jérémie.

Judith l'embrassa avant d'aller se coucher et Shana lui donna un baiser sur la joue en souriant.

# 19

Le lendemain matin, à son réveil, Jérémie apprit que Maïmone était déjà parti pour la fac. Shana, elle, avait déjà répété dans la salle insonorisée. Décidément, il aurait fort à faire pour se mettre à la hauteur de cette famille. Il avala un verre de jus de fruit et deux tartines de pain en guise de petit déjeuner. Il ne voulait surtout pas être en retard. La conférence avait lieu à la faculté de sociologie. Il fallait joindre la Gran Via de Colon puis la San Juan de Dios. En bus, en dix minutes, on y est, avait clamé Shana du bout de l'appartement.

Ils s'installèrent à mi-hauteur de l'amphithéâtre, en bordure de l'allée centrale. Il ne restait que quelques places ; un brouhaha s'élevait de la salle, bientôt interrompu par la venue du Professeur Maïmone.

Il regarda l'ensemble des étudiants, posa un sac sur le bureau, ne l'ouvrit pas et commença :

— Je vais décliner aujourd'hui plusieurs points sur le thème de l'identité. Je sais que dans cet amphi, certains lycéens sont présents ; je vais tenter de rendre mon propos simple même si ce sujet est d'une grande complexité.

Jérémie tendit l'oreille ; en effet, le sujet l'intéressait vraiment. Le professeur commença par poser des définitions :

— Tout d'abord, dit-il, d'une voix claire, presque plus claire que celle de son frère Ouri, on peut regarder cet objet qu'est l'identité de plusieurs points de vue (on dirait ma mère m'expliquant Picasso à sa maison natale à Malaga ! pensa Jérémie tout en regardant le Professeur car à ses yeux il venait de prendre l'habit du conférencier). On peut la regarder sous l'angle de la psychologie sociale, sous l'angle sociologique, avec l'identité sociale et celle différente d'identité personnelle. Maintenant comparons pour mieux comprendre : imaginez deux ou trois projecteurs qui irriguent de leurs faisceaux un seul personnage sur une scène ; de ces projecteurs partent des éclairages différents car ils sont situés différemment, ils éclairent donc d'un point différent. Mais ces différents points de vue se mêlent un tant soit peu, se juxtaposent et se mixent dans les bordures en formant une nouvelle couleur. Il en résulte donc une nouvelle façon de voir l'acteur, ou le comédien. Ainsi, la psychologie sociale, les différentes variantes sociologiques tout en apportant leurs points de vue différents se croisent pour attribuer une couleur à la définition de l'identité. Parlons concrètement.

— Il explique bien mais c'est difficile ! se plut à commenter Jérémie !

— Je te l'avais dit ! Attends, il va expliquer ! souffla doucement Shana à son oreille.

Tout d'abord, l'individu se voit, se perçoit mais les autres le voient de manière identique ou différente ; ce n'est alors pas du tout la même chose : les deux images se croisent en permanence, se construisent et se déconstruisent, et parfois rivalisent. De plus, suivant votre évolution personnelle, suivant la projection des autres à vouloir vous voir d'une certaine manière, le conflit des deux images peut s'avérer conséquent. Même si le statut, ou d'élève, ou d'étudiant, de salarié, de coiffeur, vous porte, vous soutient, vous englobe, votre identité sociale va dépendre de la conscience que vous avez de vous et de votre représentation de soi, de l'estime que vous avez de vous, des groupes que vous fréquentez et de l'image collective que vous renvoyez, que vous véhiculez.

Ce que je veux vous faire comprendre, c'est que votre identité figée sur la carte nationale vit en parallèle sa vie et se construit au quotidien. Vous n'êtes pas fini, et moi non plus, j'espère, ajouta-t-il en souriant.

Reprenons :

L'image de l'identité fait appel, pour les contrôles, à la carte d'identité ; (il en projeta plusieurs). Déjà, voyez, elles sont différentes suivant les pays : on n'est pas loin de penser que l'identité nationale se décline alors suivant des critères différents selon que l'on habite en Espagne, au Canada, au Congo, en Syrie, en Turquie ou au Liban. Bien sûr, on trouve la couleur des yeux, des cheveux, la taille, la photo bien évidemment prise différemment, mais aussi la langue et même la religion.

Cela, c'est pour la carte d'identité nationale qui fait bien sûr abstraction des différences ethno-linguistiques comme si la population était vouée à l'apprentissage d'une langue, d'une seule, celle désignée par le pouvoir dans un territoire géographique déterminé artificiellement.

Première question, énonça-t-il : comment vivre son identité quand on ne peut plus parler sa langue qui est de fait ou par le droit ou la force, devenue minoritaire ?

Il parlait d'acte antidémocratique !

Il explicita ce qu'il entendait par identité sociale individuelle ou de groupe : le clochard, l'employé ou le prof de fac n'ont pas le même retour s'ils s'habillent en costume cravate, en musicien d'un jour, en guenilles....

Il explicita aussi ce que pouvait être l'identité professionnelle. Suivant que votre travail vous plaît et suivant comment votre entreprise vous donne la reconnaissance, alors vous vous identifiez à elle ; ou vous négociez votre avenir, votre salaire avec elle ou vous la fuyez ; en gros, dans ce dernier cas, vous faites votre travail mais vous recherchez une autre activité rémunérée ou non, sportive, culturelle, cultuelle, qui va vous permettre d'obtenir cette reconnaissance vitale. Parlons alors d'identité bloquée, d'identité d'exclusion, d'identité de négociation et d'identité affinitaire. J'aurai l'occasion d'y revenir, d'expliciter cela dans un prochain cours, ceci n'est qu'un aperçu, une vue d'ensemble.

Il revint à l'identité personnelle :

— Et là, j'insiste, avait-il ajouté en commentaire, si l'identité est parfois difficile à trouver dans les méandres de la vie, si le territoire géographique a quelque peu une influence sur l'identité personnelle par la manière de vivre, (Jérémie ouvrit grandes ses oreilles, il sentit que ça le concernait pleinement) on sait aussi que les habitudes de vie traversent les générations pour nous atteindre alors que nous croyons inventer purement et simplement notre présent et notre avenir. Pour me répéter, nos pratiques et nos représentations sont alors intériorisées mais nous croyons faire acte de création, de liberté même. Tout ce qui paraissait imprévisible en termes de réalisation ne serait que conduites intériorisées au fil du temps, au fil des siècles.

— Cette fois, il parle pour moi et de moi, se dit Jérémie !

C'est un héritage que nous avons malgré nous, il est en nous. On peut s'en libérer en partie en pratiquant une analyse de ses actions, de ses pensées mais c'est long.

Maïmone faisait maintenant une différenciation entre identité et identitaire mais Jérémie cette fois commençait à remettre le film à l'envers. Les générations antérieures, son identité syrienne ! Finalement il ne savait rien. C'est Shana qui lui frappa le coude du sien ; Jérémie n'écoutait plus, il promenait son regard dans le lointain historique aux couleurs de brouillard. Maïmone venait d'entamer un autre chapitre : l'identité familiale. Jérémie raccrocha immédiatement au propos.

— Le modèle familial développé ici ou ailleurs n'est pas le même ; il obéit plus aux origines ethnologiques qu'aux identités géographiques bien délimitées. Dans tel pays, la famille a père, mère, etc, mais parfois, les mères élèvent seules les enfants ; parfois, l'oncle est le référent, parfois c'est une éducation collective. Dans nos systèmes, le père et la mère sont des piliers historiques d'éducation que l'on commence à remettre en cause, peut-être à juste titre, mais un père et une mère biologiques existent toujours. Si à un moment, un jeune en pleine construction demandait la vérité sur son ascendance, de quel droit pourrions-nous le priver d'un élément structurant de son identité et de sa personnalité.

C'était clair cette fois, il parlait pour lui !

— Pour terminer, je vous parlerai de deux communautés dont on a atteint l'identité par la destruction massive, décidée délibérément : les tsiganes et les juifs. Ces deux communautés très anciennes voire les plus anciennes au monde ont connu un génocide. Pour les tsiganes, dont je suis un des membres de la communauté, vous le savez, (on entendit des murmures d'étonnement), on emploie le nom de Samudaripen ; mudarel est de même racine indo-européenne que meurtre en français. Ipen est en romani, (une langue parmi d'autres des tsiganes,) et il indique une action. Le préfixe sa de samudaripen désigne le tout. Vous avez la définition horrible mais qui a été réelle, de *« tout tuer »*. Je pourrais vous parler des communautés qui aujourd'hui subissent aussi un rejet allant jusqu'à l'expulsion, jusqu'à la mise en esclavage, jusqu'à la torture, jusqu'à la mise à mort. Des tsiganes et des juifs, il en est revenu quelques-uns, très peu, marqués dans leur peau, réduits à un numéro, dans leur chair, dans leur for intérieur. Et combien portent en eux les stigmates de cette histoire ! Leurs enfants à leur tour marqués par le silence de leurs parents ou par les longues descriptions morbides de ce qu'ils avaient vécu, ont parlé, mais ils se sont bien souvent tus ou ont révélé bien tardivement leur histoire. Ajoutons à cela l'histoire transgénérationnelle datant des siècles, vous aurez alors des êtres dont l'identité est à la fois forte et fragile, mais qui sont tenus par l'envie de vivre, de ne pas céder, ne pas décevoir, de toujours savoir davantage et de protéger les siens ! ...Pardonnez-moi !

…Pourquoi disait-il cela ?... Il semblait très ému. Il pleurait ! Non, mais il en avait tout l'air ! Il se retenait c'était certain !

— Nous allons nous arrêter là pour aujourd'hui ; je vous invite à bien écouter ce cours, à le relire et la prochaine fois je vous engage à poser les questions qui vous viendront à l'esprit.

Les jeunes dans l'amphi restèrent un moment silencieux, interdits, attendant quelque chose après cet arrêt inattendu de l'intervention du professeur Maïmone.

Sur sa droite, Shana s'était mise à larmoyer. Visiblement, c'était un mal partagé. Jérémie avait pensé à plusieurs reprises que le propos le concernait mais là, face aux troubles de Maïmone et de Shana, il resta un moment hébété.

Restaient sur l'écran des noms d'auteurs : Erickson, Bourdieu, Goffmann, Dubar, Sainsaulieu…, et le blanc énigmatique de la fin de cours.

Visiblement, Jérémie constata qu'il ne savait pas tout ou plus exactement, il ne savait rien ! Il fallait déchiffrer entre les phrases, les silences et les pleurs ! Il écouterait le cours enregistré ce soir même car dans l'après-midi, il devait retourner au lycée et les mathématiques n'allaient pas aller fouiller au creux des tiroirs, rechercher le résultat de l'équation posée par Maïmone, car il y avait une équation, des données, des invariants sûrement mais faisait-il partie des variables d'ajustement ? Et qu'y aurait-il à ajuster ? Les questions se bousculaient ; Maïmone avait bien souligné la nécessité en somme de connaître ses parents, que c'était un droit ! Pourquoi ? Que venaient faire les histoires trans-générationnelles dans ce propos ?

Et Shana, qui d'habitude était joyeuse, était presque inconsolable. Cette fois, c'est Jérémie qui l'accompagnait, la main posée sur l'épaule pour la guider dans sa route. Il n'osait pas poser de questions. On aurait dit deux adolescents qui venaient d'avoir commis une grande faute et qui marchaient vers un lieu pour se faire pardonner. Quelle faute pouvait-elle avoir commise ? Ou avait-elle compris des choses que Jérémie n'avait pas du tout à l'esprit. C'était peut-être cela ! se dit-il en rentrant dans la cour du lycée. Il adressa un sourire de compassion à Shana et l'embrassa sur la joue.

# 20

Le soir même, après les cours, il déclina l'invitation de Isham et d'Erdouane ; il voulait entrer au plus vite pour écouter le cours enregistré de Maïmone, surtout repérer quand avait basculé la sérénité du Professeur. Visiblement, il y avait trois moments où sa voix s'était modifiée ; il n'était plus le professeur mais plutôt quelqu'un qui se confie : le timbre de voix, son accent même avait repris la voix de l'intime quand il avait parlé de langue, de générationnel et de famille.

Shana était déjà revenue du lycée et elle travaillait dans la salle d'enregistrement ! Il l'attendrait ! Quand elle sortit, Jérémie arrêta la lecture du médecin de Cordoue. Il la rejoignit dans la cuisine. Shana sourit à son arrivée, secoua la tête plusieurs fois sur le côté pour bien montrer qu'elle avait été touchée par l'intervention de son père le matin mais qu'elle allait mieux maintenant. Justement, Jérémie avait envie de …

— Pour ce matin je peux … ?

— Pas maintenant, dans la journée mais attends un peu !

A chaque fois que Jérémie s'attendait à avoir enfin des réponses, on le faisait gentiment attendre.

— Je ne comprends rien et on me dit toujours de patienter ! Ma mère m'a affirmé que j'allais apprendre plein de choses et voilà, elle part quand je suis à cran ! Avec toi c'est pareil maintenant ! Je suis quoi, moi, un pion ? On m'envoie ici, on me dit que c'est plus important que mon dernier trimestre scolaire en Turquie, vous m'accueillez, je ne vous connais pas, vous êtes tous très sympathiques, toi surtout Shana mais là je n'en peux plus ! Le professeur Maïmone nous invite particulièrement à une conférence et là, j'ai l'impression qu'il s'adresse à moi, qu'il parle pour moi et d'un seul coup, je suis surpris de le voir presqu'en pleurs. Dis-moi quelque chose sinon je pars dans la rue, j'étouffe, j'ai besoin d'air !

— Eh bien viens, justement, on va marcher, la marche délivre le corps de ses tensions et elle libère aussi la parole de ses censures ! Viens tout de suite avant que mes parents arrivent !

Sur un signe de Shana, ils empruntèrent les escaliers, pour ne pas les rencontrer.

Par les petites ruelles du Realejo, ils atteignirent d'un pas rapide qui empêche toute discussion, le Paseo del Salon, à l'endroit de leur première rencontre ; ils enjambèrent le pont sur le Genil, et se mirent à déambuler alors plus calmement dans des jardins le long du Paseo del Violon. Shana avait fait un bon choix : le bruissement de l'eau, les hauts arbres qui offraient une voûte au-dessus de la pelouse verte, prêtaient cette fois aux confidences. C'est Shana qui commença d'entrée.

— Tu as bien vu que mon père était touché et ... moi aussi, marquant une hésitation pour souligner qu'elle adhérait pleinement à l'émotion de son père. Tu sais que nous sommes gitans, tsiganes de père en fils et en fille. Nos familles sont venues ici au quinzième siècle après un long cheminement à partir de l'Inde, ça tu le sais ! Jérémie acquiesça pour la descendance et ne voulut pas interrompre Shana. Donc, tu imagines l'identité que nous portons en nous et que les autres nous attribuent. On me traite encore parfois de voleuse de poule quand je suis sortie de scène ; même au lycée, on me demande si le soir je mange encore du hérisson ! Il y a huit jours, on m'a intimé de retourner dans mon pays ; on m'a traité de Rom ! Quand comprendra-t-on que ces gens ont une grande culture, qu'ils fuient par nécessité, qu'ils vivent en parias dans leurs pays d'origine ; ils sont toujours parias et nous parfois aussi, nous sommes considérés ainsi, comme des profiteurs, des parasites mais on travaille ! On habite ici depuis des siècles ! Mon père a beaucoup travaillé pour devenir Professeur ! Et il tient comme moi, à garder son identité et à poursuivre l'activité de ses ancêtres, le chant et la danse, car elle fait partie intégrante de notre mode de vie !

Jérémie se taisait devant la véhémence des propos de Shana ; le débit était rapide, la conviction très forte : ce n'était plus une actrice, c'était elle, la tsigane, la paria qui crachait sa colère sur le sable, qui versait des larmes de chagrin dans l'historique Genil qui avait vu et entendu les lamentations de ses ancêtres.

Jérémie se dit qu'elle souffrait, qu'elle avait dû souffrir ! Si lui souffrait de ne pas savoir, elle souffrait d'avoir su.

Jérémie laissait s'épancher la colère de sa camarade ; il compatissait mais il avait toujours en mémoire la question de la famille, véritable problème posé par Maïmone et celui-là était apparu essentiel dans le discours du professeur. Après un silence, il intervint

— Oui, cela, je comprends mais, tu as entendu comme moi, il parlait de famille, d'éducation et du droit de chacun à connaître ses parents !

— S'il était au bord des larmes justement, c'est qu'il a connu ses parents, il a vécu avec eux, il a dansé avec eux, il a joué avec eux mais il n'a connu que très tard leur véritable histoire ; mes deux grands-parents ont connu les camps d'extermination ; ils ont survécu car ils étaient petits ; sache que ma grand-mère avait cinq ans à la libération ! Que mon grand-père, lui, y est né! Ils en sont revenus sans père ni mère ! Imagine ! Et mon père comme Ouri ne l'ont su qu'au moment de leur mort car ils s'étaient emmurés et cette partie de leur vie, ils avaient voulu la taire, vivre cette période dans le silence, vivre au jour le jour tout simplement. Voilà pourquoi il est peiné, c'est de ne pas avoir pu et su libérer la parole de ses parents et de n'avoir jamais connu véritablement ses aïeux !

Elle poursuivait presque professorale malgré son âge : heureux ceux qui ne souffrent pas, ils n'éprouvent peut-être nul besoin de savoir, nul besoin d'apprendre, nul besoin de rechercher le sens à leur vie, nul besoin de se connaître eux-mêmes. Mais au fond, existent-ils ? Peut-on vivre sans conscience vraiment d'exister, à moins de se noyer dans le faire, d'être industrieux sans limites ? Etre une bête qui se nourrit de tout sauf de l'essentiel ! Ils ne semblent pas souffrir ceux-là ! Mais ils ne vont jamais pousser la porte de soi ! Ils vivent en dehors d'eux-mêmes, à côté d'eux-mêmes comme des étrangers ! Etre étranger à soi, ça doit faire drôle, mais au moins ils ne sont pas perturbés, ils ne deviennent pas fous à être enfermés, c'est peut-être mieux ainsi !

Et elle observa un grand silence. Jérémie ne savait quoi répondre. Au bout de quelques minutes, elle reprit en le regardant.

Il apprit ainsi que les grands-parents de Shana avaient été recueillis par une famille tsigane espagnole de Grenade qui connaissait leurs parents ! En effet, on avait reconnu l'origine de la grand-mère par son vocabulaire et son accent. Ce n'était pas une tsigane d'Allemagne, mais une du sud ! Et par la suite, ils se sont mariés, voilà tout ! La fin dans une histoire est souvent belle mais on oublie tous les interstices de la vie, les trous qui ouvrent leurs béances, les ravins où la relation plus intime viendrait comme une moraine adoucir les flancs. C'est un plâtrage qu'il aurait fallu ! Une analyse ! Voilà pourquoi il en a parlé ! Toute sa vie depuis la mort de ses parents, c'est-à-dire six années, il court rechercher cette couverture qui viendrait chauffer son cœur, apaiser sa souffrance ; il se noie dans le travail, il refuse de dormir pour ne pas vivre les cauchemars, pour ne pas y entendre les voix muettes d'outre-tombe lui grimacer leurs cris ! Et nous, nous vivons malgré notre confort apparent et notre joie, nous vivons ce qu'il endure ! As-tu remarqué comment le chant le libère ! Et son jeu de guitare, comment il y met toutes ses tripes !

— C'était donc pour lui qu'il parlait ; il a besoin d'en faire part au public, maintenant !

A partir de cet instant, ils restèrent silencieux, ils se regardaient, s'observaient du coin de l'œil.

Finalement, il compatissait, il avait su écouter ; de sa position d'adolescent, il devenait un peu l'adulte de la situation. Mais il n'avait pas LES réponses à Ses questions !

Jérémie parla de ses cours, de l'absence de sa mère, des actualités en Turquie et il se laissa même aller à des positions politiques sur l'Europe ! Il fallait bien parler d'autre chose. Au bout d'un moment, Shana constata qu'ils étaient arrivés près du parc des sciences Elle proposa de faire demi-tour. Le ton devint plus gai, plus serein. Même des blagues sur les camarades de classe donnèrent un peu de couleur aux conversations. C'est en revenant sur le parcours que Jérémie aperçut un bâtiment dont on ne voyait que le toit à l'oblique. C'est le palais des Congrès, j'y ai chanté l'année dernière, intervint-elle. Ils grimpèrent des marches, nombreuses et parvinrent sur la face cachée de la bâtisse. De grands calicots annonçaient la tenue d'une réunion !

— Viens voir, c'est le congrès des profs de russe à travers le monde !

— Comment tu sais cela ?

— C'est inscrit, là, regarde !

Elle savait aussi lire le russe ! Décidément, il n'était pas à la hauteur de cette jeune fille ! Elle savait tout faire et le réalisait sans prétention avec la plus grande simplicité !

Ils furent reçus à l'intérieur bien que ce fut une réunion privée. Elle eut une discussion en russe avec un professeur de Saint Petersburg et un autre du Brésil !

Un des professeurs lui confia même sa carte de visite. Elle était invitée à frapper à sa porte si elle avait le bonheur de venir dans cette grande ville historique tournée vers l'Europe. Elle irait chanter, elle le promettait !

Au retour, elle ne marchait plus, elle sautillait, elle entamait des pas de danse et elle chantonnait. Jérémie n'avait plus qu'à écouter la joie, et c'était bien ainsi !

Il essaya d'obtenir sa mère au téléphone sans succès. Elle ne répondait plus. Quant à Cemile, il se demandait maintenant si vraiment elle avait une pensée pour lui car elle le laissait sans nouvelles. Que répondre ? Shana écoutait, elle savait le faire aussi bien qu'Ouri ; elle répondait par des questions, des suppositions qui entraînaient encore le jeune garçon vers d'autres confidences. De temps à autre, elle s'appuyait sur son épaule qui parfois se dérobait sous la pression exercée mais souvent maintenant, il aimait ressentir ce contact.

Juste avant de reprendre le pont qui traversait le Genil, elle stoppa net, regarda Jérémie droit dans les yeux :

— Fais attention avec Isham et Erdouane, mon père te l'a déjà fait ressentir mais moi aussi, je te préviens, ils changent ces deux-là ! Sois prudent !

— J'ai envie de les entendre et en même temps je voudrais bien savoir où ils veulent m'emmener, vers quelle destination ils veulent me guider ! Sois tranquille, je ferai attention !

Ils revinrent à l'appartement. Judith prépara un thé qu'ils partagèrent. Jérémie apprit que Judith revenait à l'instant de l'école de musique où elle dispensait des cours de cante jondo. Judith fit entendre Lola Flores qui interprétait Garcia Lorca sur leur Bose. Etait-ce volontaire, était-ce pour entendre ce « je » affirmatif de Lorca ? Elle savait ce qui s'était passé dans la matinée, Maïmone avait dû en parler à sa femme. Ce « je » de Lorca venait en écho répondre à la question existentielle, ontologique du père. Shana commença à parler de ses cours, de la composition théâtrale qu'elle devait rendre les jours à venir.

Jérémie termina aisément ses devoirs et choisit d'aller prendre l'air. Qu'est-ce qui l'amena près de la mosquée ? Peut-être un besoin de discuter entre amis ou d'obtenir une réponse à leurs sollicitations.

Il les retrouva tous les jours suivants. Isham et Erdouane lui apportaient quelque chose qui ressemblait à de l'espérance et il en avait massivement besoin, aussi il adhérait à leurs propos. Il partait toujours avant les prières mais on insistait de plus en plus pour qu'il vienne surtout le vendredi. Jérémie n'était pas prêt, il entendait pourtant bien en lui le désir de croire à quelque chose mais sa raison lui demandait de refuser une trajectoire à l'aveugle ! Non, ce n'est un Dieu qui décide de tout, j'ai et j'aurai ma part d'initiative, tout n'est pas inscrit sur un livre de vie à l'avance et pas comme ça !

Les jours passaient, Myriam se remettait de son mal de dos mais il restait une sciatique qui lui brûlait le pied, le devant de la jambe. Parfois, c'était intolérable ; elle comparait la douleur à un couteau qui taille dans le vif de plus en plus intensément ! Myriam en avait plein le dos d'attendre, avait-elle prononcé un jour au téléphone. Jérémie pensa aussitôt que sa mère en avait plutôt eu plein le dos avant de venir. Il avait bien vu la charge de travail qu'elle abattait, toujours à l'œuvre. Bref, le corps, le dos avaient parlé dans des termes rudes ! Elle en avait encore pour plusieurs semaines ; elle reviendrait, elle y tenait même si Inès la guide espagnole allait terminer son séjour en Turquie bien avant elle. D'ailleurs, celle-ci commençait à avoir peur.

Durant plus de quinze jours, il eut l'impression de continuer à vivre sans soubresauts. Les conversations avec Maïmone devenaient de plus en plus nombreuses et tranquilles mais jamais n'était abordé la question de l'identité. Un rideau avait été tiré ! Un jour, Maïmone l'aida à trouver la solution à un problème de mathématiques. Une fois la démonstration réalisée, il lui confia que les mathématiques au moins ne jouaient pas sur l'affect ; il y avait bien les identités mais on les disait remarquables et elles facilitaient la résolution de bien des équations ; de plus, on pouvait en user à volonté alors que la philosophie, la civilisation indo-européenne et la vie amenaient à poser beaucoup de questions qui pouvaient déstabiliser l'être humain. C'était dit comme un regret ! Il aurait bien échangé l'incertitude originelle contre une affirmation mathématique, pour avoir la paix, un peu de paix !

Jérémie et Shana continuaient à fréquenter la piscine. Les deux amis Isham et Erdouane avaient signifié qu'ils ne viendraient plus, pas avec les filles, donc pas avec Shana en tout cas. Jérémie avait été blessé des remarques misogynes à son égard. Tant de haine, tant de changement en quelques semaines, Jérémie n'en croyait pas ses oreilles. Il n'irait plus les rejoindre dans le café proche de la mosquée. Il rencontra d'autres camarades qui exprimèrent leur étonnement à sa fréquentation des deux musulmans en rupture d'humanisme. Il exprima qu'il n'avait vu aucun mal à se joindre à eux, au départ, bien au contraire ; il leur dit qu'il avait une amie musulmane qui jamais ne parlait de cette manière. Jérémie voulait bien échanger, mais là, par rapport à Shana, il ne pouvait admettre les réflexions outrancières, insultantes, dévalorisantes. Non, ce n'était plus possible, il n'y avait plus aucune tolérance dans leur propos. Ses nouveaux camarades musulmans ne fréquentaient plus cette mosquée ; ils avaient ajouté que l'imam était un dangereux personnage !

Jérémie oublia peu à peu Isham et Erdouane. Shana lui avait fait découvrir d'autres amis, de la section arts et lettres. De son côté, il s'entendait bien avec une dizaine de garçons et filles de sa classe. Parfois à la piscine, ils créaient un tel vacarme que la maître-nageuse, Nuria, une triathlète bien connue du milieu sportif de Grenade, intervenait pour faire baisser le ton. Et le ton diminuait sous le regard intense de la sportive.

Cemile n'avait pas encore donné de nouvelles. Jérémie pouvait en parler à Shana qui le consolait un peu. D'ailleurs, on les voyait de plus en plus ensemble. Elle avait même commencé à faire chanter Jérémie dans la salle insonorisée. Il répétait après elle des séries de sons. Il se sentait raide, figé, bloqué de partout. Suivirent des onomatopées de plus en plus complexes à chaque séance jusqu'au jour où elle lui dit qu'il ne savait pas respirer. Il respirait à l'envers ! Et le prenant par le dos, une main derrière et une main sur le ventre, elle lui fit comprendre que la respiration était ventrale. Allez, fais-le bouger, remplis-le, vide-le maintenant, tu n'y arrives pas, souffle longtemps, tu vois, il se creuse, et fais prolonger ta colonne d'air, tu la sens vibrer, non, encore une inspiration, non pas longue, courte, mais non tu n'as pas besoin de hocher la tête ! Elle n'arrêtait pas ! Elle poussait le ventre de Jérémie pour qu'il expire, et maintenant sors du son, bon sang, sors-le, tu murmures à peine, projette ton son sur le mur, il ne revient pas, alors vas-y, crache-le, fusille-le, articule-le, donne-lui du caractère, de la puissance, joue-le, triture-le, c'est ton souffle que je sache, t'as l'air d'une momie. Jérémie sentait bien que ça venait mais elle allait trop vite. A chaque séance, elle recommençait, poussait le ventre, faisait augmenter le son, l'articulation, ça y est, il commençait à le sentir, là dans la gorge, dans la poitrine, mais là aussi, pose ta main sur ta tempe, là sur les os de la tête qui s'articulent, tu sens la vibration, aide-toi de tout cela, tu en es capable ! Elle était toute puissante dans sa démonstration, reprenant Jérémie à la gorge, sur la nuque, poussant encore son ventre, relevant le menton. Jérémie y prenait goût ; il progressait et ressentait de grandes sensations dans la poitrine. De séance en séance, il commençait à maîtriser sa voix jusqu'au jour où elle chanta des paroles et ce jour-là, il devait l'imiter. La voix était modulée mais ce rythme, ce rythme qu'il ne parvenait pas à adopter ! Elle lui fit claquer des mains, claquer des pieds, sans paroles, puis avec les sons et cette fois elle les introduisit, pas les mêmes, ça semblait compliquer les choses mais finalement ça simplifiait. Un soir, alors qu'elle s'était elle-même entraînée, car il le fallait pour ses spectacles à venir, il souhaita chanter le même morceau qu'elle venait de caler ; tu crois, lui dit-elle, prétentieux va ! Mais allons-y quand même, tu vas sortir tes tripes, mon bichon ! Quel terme, se dit Jérémie, là, elle exagère, mon bichon, et toi ma gitane ! Et oui, tu peux dire ma gitane, rétorqua-t-elle ! Elle le fit scander des sons, des mots, des phrases puis elle attaqua le morceau en disant : c'est à toi, tu peux l'avoir, tu peux le caresser ce morceau, tu peux l'épouser, tu comprends, tu vas être l'acteur de cette partition, tu vas être le morceau, les notes elles-mêmes tu comprends, tu n'es plus à l'extérieur de la mélodie, c'est toi la mélodie, c'est ton corps qui parle, c'est ton corps tout entier qui résonne, c'est ton corps tout entier qui s'exprime ; la musique ce ne sont pas des sons que les spectateurs reçoivent, c'est une histoire que tu leur racontes et si tu n'y vas pas avec tes tripes, alors l'auditeur ne ressent rien, que dalle ! Tu comprends ! Ton corps, c'est le son, la guitare, le tambourin, le violon, tout ça ensemble, si on y met toute la panoplie, on n'a pas besoin d'instruments, tu piges ! C'est toi l'outil le plus perfectionné pour vibrer et, de ta vibration tu vas émouvoir le public ! Fais-le ! C'est à ce prix que tu vas réussir ! Au bout d'une heure, il était épuisé, elle l'avait malmené, trituré, mené loin et il s'en aperçut. Oh, merci Shana, c'est sublime, ce que tu viens de faire ! Mais non, c'est toi, t'as vu comment tu l'as craché, comme tu l'as susurré, comment tu l'as investi, comment tu l'habites, c'est ça, tu l'habites ce morceau ! T'as vu comment tu l'as fait exploser ce poème ! Tu y as mis de la vie ! C'est tout ça le cante jondo ! Ça sort par la gorge, il est là le flux vital, il vient de là, et elle montrait son ventre au niveau du nombril, par là où naît la vie en somme !

Et d'un coup, elle revint vers lui, lui poussa le ventre, passa son bras derrière et lui plaqua un bisou sur la joue, recula de trois pas, le regarda droit dans les yeux et revint lui plaquer un baiser sur les lèvres ! Jérémie en resta interdit une seconde mais finalement il attendait presque ce moment sans le savoir depuis qu'elle le malmenait, qu'elle le triturait et il se laissait faire. Il avait pris beaucoup de plaisir à chanter, à évoluer avec elle, contre elle, mais il la sentait si vigoureuse, trop vigoureuse et il en éprouvait trop de respect et de crainte qu'il n'aurait jamais osé. Elle recula, le regarda avec un grand sourire, inclina un peu la tête, regarda du coin de l'œil et revint en un bond lui plaquer un second baiser sur la lèvre supérieure.

Dans son lit le soir, Jérémie ne pouvait pas s'endormir. Il savait que leurs relations ne seraient plus jamais les mêmes. Il avait ressenti bien autre chose qu'avec Cemile. Cette fois, il avait perçu la chaleur de Shana à travers sa robe fine. Jamais avec Cemile, il n'avait éprouvé ce plaisir ; ils se tenaient par la main bien sûr mais éprouver ce contact avec Shana était une sensation nouvelle.

Les jours suivants, Shana et Jérémie éprouvaient de plus en plus de plaisir, elle, à améliorer ses prestations chantées et lui, à progresser en sa compagnie. Les moments devenaient délicieux à deux dans cette salle isolée. A l'extérieur, ils ne pouvaient s'empêcher de montrer leur bonne humeur et leur complicité mais ils cachaient bien leur liaison plus intime. Bien sûr, au cours des repas en commun, Shana laissait souvent tomber un couvert, se baissait alors pour le ramasser et en profitait pour lui adresser une légère caresse. Jérémie s'interdisait de le faire bien que son désir fût grand ; il n'osait pas en présence des parents de Shana.

L'atmosphère était devenue bien détendue à la maison ; Maïmone essayait de plus en plus d'échanger avec Jérémie. Un vendredi soir, Maïmone satisfait de sa semaine et voyant tout son monde réjoui de son travail, de ses répétitions, proposa d'aller manger chez la gitane, place Larga dans l'Albaycin. Ils n'étaient pas allés depuis sa première visite. La patronne était toujours bien présente à la porte, le sac à soufflets toujours en bandoulière. Shana toujours prête à la moquerie montra sa poitrine du geste et fit semblant de mettre des billets. Jérémie sourit et s'approcha de Shana lui touchant l'épaule, juste pour ressentir le plaisir de la toucher.

Ils refirent ce geste deux à trois fois mais n'insistèrent pas.

Ils dégustèrent une paëlla à la saveur toujours exquise. La gitane vint plusieurs fois leur demander si tout était convenable. Ils dégustaient une glace quand ils entendirent un murmure qui s'amplifia. Il venait de la calle Cjon San Cecilio. Les convives attablés se retournèrent sur leurs chaises. Ah oui, c'était le vendredi soir. Après l'office religieux à la mosquée de San Nicolas, les croyants revenaient vers leur lieu d'habitation, principalement vers ce secteur de Grenade. Le bruit des conversations grandit encore et prit du volume en passant sous la puerta Nueva. Certaines personnes s'arrêtèrent à la célèbre pâtisserie très bien achalandée, les autres continuaient à marcher tête haute : les femmes, pour la plupart portaient un foulard noué de manière très élégante sur la tête, d'autres déambulaient très bien vêtues sous des chapeaux élégants. Les personnes saluaient bien cordialement les convives des tables et celles-ci répondaient par un sourire de bienvenue en cette place. Les hommes dans des vêtements soignés, propres, bien ajustés marchaient à pas lents, la tête couverte d'un kufi ou d'un bonnet de prière en crochet, tout en parlant avec leurs voisins. Ils revenaient de la prière, joyeux sans excès, heureux d'avoir partagé un moment. Certains s'arrêtèrent discuter avec des passants, des convives, plusieurs contournèrent les tables pour venir saluer Maïmone et Judith. Le défilé dura un moment. On entendit bientôt un autre bruit : ça claquait sur les pavés. Tout le monde se retourna : deux hommes portant la djellaba et le bonnet crocheté arrivèrent près de la place, ne saluèrent personne, évaluèrent la place du regard, firent avancer des jeunes en djellaba vers le milieu de l'espace ; Jérémie aperçut alors Isham et Erdouane qui visiblement l'évitaient du regard. Le guide de ce second défilé, car il s'agissait bien d'un guide, déambulait de manière outrancière avec un grand bâton. Il fit avancer son monde et, à l'arrière, on aperçut alors des femmes en niqab ! Non ! osa dire immédiatement Maïmone, ce n'est pas possible ! Pas ça ! Qu'est-ce qui se passe ? Deux hommes faisaient tourner des jeunes hommes et des femmes sur la place, tout autour des tables. Maïmone n'avait encore jamais vu cela ! Le guide principal, la quarantaine, marchait d'un pas alerte entre les tables, faisant cogner son bâton de plus en plus fort. C'était à n'en pas douter un bâton de pèlerin comme en ont les Chrétiens mais cette fois, c'était un musulman, qui sur les terres chrétiennes, venait signifier une nouvelle croisade sur cette Andalousie. Il marchait de manière déterminée, longeant la calle agua vers la calle Pages et l'Albaycin ou bien redescendant et remontant la cuesta de l'Alhacaba. On aurait dit Tomas de Torquenada, le dominicain espagnol, du quinzième siècle, confesseur de la reine Isabelle de Castille et premier grand Inquisiteur de l'inquisition espagnole. Il venait sur des terres à conquérir, à reconquérir. De son bâton, il allait lui aussi nettoyer l'Andalousie à sa façon ! C'est alors que Jérémie, se leva de sa chaise, émit quelques sons, il n'en revenait pas ! Devant lui, sous la barbe bien dense, apparaissait celui qu'il avait connu, celui qu'il avait vu se transformer, celui qui avait essayé d'embrigader sa mère à marche forcée, celui qui au fil des jours n'avait plus été l'ingénieur mais celui qui, en quelques mois avait érigé la foi en guide de sa vie : Hassan était là, à quelques pas de lui, en guide déterminé d'une conquête à mener. Il comprenait maintenant ! Tout lui sautait aux yeux ! Voilà pourquoi Isham et Erdouane qui ne semblaient pas méchants étaient devenus des messagers féroces, des garçons violents. Comment en étaient-ils arrivés là ? Soudain, Jérémie cria : mais c'est Hassan ! Non, Hassan ! Tu ne peux pas ! Toute la tablée et les voisines dévisagèrent le visage de l'adolescent qui venait d'interpeller le guide Torquenada ! Hassan fit demi-tour, le regarda intensément, fit quelques pas, demanda à ses troupes de se disperser ; lui-même retira son bonnet en crochet, retira sa djellaba et fila dans une rue le bâton à la main ; cette fois, il était silencieux. Maïmone et tous les autres s'approchèrent de Jérémie et lui posèrent beaucoup de questions. Oui, il l'avait reconnu, c'était l'ancien ami de sa mère, il en était certain, il n'avait aucun doute, c'était bien celui qu'il avait vu se transformer en croyant combattant et extrémiste. Il était donc venu ici ! Et l'autre adulte à ses côtés, Jérémie venait aussi de le reconnaître, c'était bien le monsieur qui était intervenu dans l'Alhambra ; c'était bien lui qui avait revendiqué le territoire au nez et à la barbe de Ouri durant la visite guidée. Maïmone promit d'en parler à Ouri et surtout ils iraient voir l'imam de Cordoue, imam reconnu et influant dans la région. Ils gardaient des contacts réguliers pour une bonne observance des pratiques religieuses et surtout pour que la paix règne en cette province comme au bon temps andalou.

Oui, ils iraient la semaine prochaine, le temps de prendre rendez-vous, et de programmer leur voyage, tant pis s'il fallait annuler une prestation un week-end, il apparaissait plus important à Maïmone d'éclaircir la situation avant que cet Hassan ne fasse prospérer un cancer à Grenade. Maïmone aurait une question à poser en plus à Cordoue : comment se fait-il que la population musulmane adhère si vite à cet imam particulier. Etait-ce un besoin de fierté, de reconnaissance ; les chrétiens avaient-ils ancré leur foi au détriment des autres, les avaient-ils pilonnées au point de faire ressortir la rancœur et le désir de vengeance ?

Jérémie appela sa mère pour la prévenir de la présence d'Hassan sur les lieux ! Elle eut une conversation à ce sujet avec Judith et Maïmone. Quant à elle, elle allait encore mieux mais elle ne pouvait toujours pas engager des trajets importants et par conséquent il fallait encore attendre ; elle essaierait de faire au plus vite car ici, ça pressait aussi, ajouta-t-elle. Jérémie ne comprit pas bien ce qu'elle voulait dire et elle parla aussi d'autre chose. Elle avait reçu un message de Cemile. Elle allait bien mais elle renouvelait sa demande à son égard : il fallait l'oublier ! Jérémie n'avait pas tiré un trait sur sa jeune amie mais au fur et à mesure des semaines, une autre amitié était née et elle avait permis de cicatriser les plaies. Myriam lui annonça que Cemile lui posterait un courrier ; Myriam lui avait délivré l'adresse de Maïmone et de Judith mais Cemile ne donnerait aucun indice de l'endroit où elle se trouvait. Voilà, j'en ai assez dit au téléphone ! Tu verras ! Et toi, tu continues à travailler ton espagnol, j'espère, tes maths, ta biologie, et ta physique ! N'oublie pas, si tu veux intégrer l'école de pilotage, la sélection est difficile ! Oui, peut-être, avait répondu laconiquement Jérémie.

# 21

Bonjour cher Jérémie

Oui, Jérémie, j'ai pleuré, je te rassure, tu seras toujours un coquelicot d'amour, dans mon cœur. Je ne voulais pas te faire de peine ; quand j'ai su que tu pouvais partir pour l'Espagne, j'étais tellement heureuse que je t'ai encouragé vers cette expérience : c'est toi qui partais et je n'avais pas à annoncer mon départ. Je ne pouvais pas le faire, je ne pouvais pas en dire un mot. C'était trop dangereux. J'avais confiance en toi, mais parfois le silence vaut mieux que toute confidence. Et puis, ça aurait été trop difficile ! Il valait mieux que l'on se quitte ainsi avec des projets, même devenus impossibles.

Tu connais le climat en Turquie. Tu es venu chez moi ; tu as vu comment nous étions heureux. En apparence, tout se passait à merveille sauf que je ne t'ai pas tout dit. Mon père est rentré dans l'armée sous un faux nom. En réalité, il est proche des Kurdes et il devait pénétrer l'armée pour mieux renseigner notre minorité. Je ne te l'ai pas dit pour qu'aucun soupçon ne vienne trahir mon père. Mais ce n'est pas tout. Tu as suivi les différents conflits politiques et religieux : je t'ai dit que nous étions musulmans mais tu ne nous as pas vus pratiquer. En réalité, nous faisons partie d'une ancienne minorité, les Yazadis. On dit de nous que nous sommes les adorateurs du diable alors que la fin du mot en ized viendrait du perse et signifierait adorateurs de l'ange ! C'est totalement différent ! Notre religion a traversé les siècles, on dit qu'elle aurait plus de six mille ans ! On adore Malek Taous, l'ange paon, une créature bienfaisante à qui Dieu aurait confié la direction du monde après avoir achevé la création. Nous avons aussi un fondateur, Cheikh Adi mort en mille cent soixante. Nous avons habité Mossoul et nous pratiquions notre culte, avant de venir à Istanbul. Là-bas, c'était devenu l'enfer ; rester c'était pour moi devenir esclave, être vendue ou louée pour le sexe. Il fallait aussi que nous quittions Istanbul, mon père commençait à voir les ordres défiler ; quelque chose se prépare, c'est sûr, et si nous voulions être saufs, il fallait déguerpir.

Nous avons traversé la frontière en bénéficiant d'aide de militaires connus par mon père. Ensuite, nous avons roulé par la Bulgarie et nous avons rejoint l'Allemagne où nous avons des amis qui nous ont hébergés quelques jours. La communauté kurde qui attend la création de son état en faisant la guerre actuellement nous a beaucoup aidés. De là, je peux te le dire, nous avons rejoint la Bretagne en France. Je ne savais même pas que cette région existait. C'est magnifique, la mer, la campagne. Nous y avons vécu un peu clandestinement avant de faire une demande d'asile auprès de l'OFPRA, l'office français des réfugiés et des apatrides. En attendant, on nous a logés dans un petit studio pour quatre. En ville, les gens sont accueillants mais en campagne, les gens nous regardent avec un regard méfiant, c'est vrai qu'on ne leur ressemble pas : notre peau, notre tenue vestimentaire ; j'ai gardé mon foulard autour du cou et il me cache un peu les cheveux. Ça me fait drôle d'avoir la tête à l'air mais j'essaie pour ne pas avoir de remarques car au début, j'en ai eues. Nous savons que cette situation va être longue. Je suis même retournée au lycée dans le centre de cette région. J'ai dû dire que j'étais kurde. Certains jeunes confondent turcs et kurdes, alors je ne leur ai pas donné ma religion. Au début, ils ont pensé que j'étais musulmane bien sûr à cause de mon foulard et de ma couleur de peau et puis un jour une camarade m'a parlé de messe et elle a vu que je connaissais la Cène, que je vénère le Christ, la vierge Marie et que nous avons aussi des baptêmes. Je n'ajoute rien aux commentaires ; ainsi je laisse croire ce que les gens ont envie de voir et d'entendre. Trois camarades m'ont invité le week-end dernier à passer la journée ensemble. Nous sommes allés dans un petit village. On m'a expliqué qu'une foule allait se déplacer dans cet endroit presque désertique. Pourquoi ? Je ne sais pas si tu comprendras ; ils appellent cela un pardon ! Des gens viennent ; on assiste à un office religieux et après, les femmes, les hommes et les enfants portent des bannières, des statues sur leurs épaules. C'est impressionnant mais vraiment je ne comprends pas. Ils croient à une résurrection, me parlent de reliques mais il y en a partout, ce n'est pas possible ! Moi d'après ma religion, je crois à la métempsychose ! Alors vois-tu, je me demande comment les gens peuvent encore se comprendre quand on est si éloigné au niveau des croyances.

Je te parle de cela car nous n'avons pas eu de conversation à ce sujet ; c'était peut-être trop tôt et puis, il fallait sûrement que ce soit ainsi.

Retiens que j'ai beaucoup apprécié ta compagnie, les échanges que j'ai eus avec toi. Je regrette que notre relation n'ait pas pu se poursuivre mais il en est ainsi. On doit protéger les siens. Je t'entends presque murmurer, quand nous reverrons-nous ? A cette question, ne projette rien. Garde mon bon souvenir et je ferai pareil. Nos routes se croiseront peut-être mais dans quelles conditions ! Et puis tu connaîtras une jolie fille bien plus cultivée que moi, plus dynamique que moi ! Vis ce que tu as à vivre, ne pleure pas, ne reste pas te lamenter, mais je crois bien te connaître, tu vas relever bien des défis. Tu as toujours dit que tu serais pilote de ligne mais au fond de moi, je crois que tu exerceras un autre métier, non pas que je veuille t'empêcher quoi que ce soit ; tu es trop attiré par les sciences, la biologie, l'anatomie, la génétique pour les abandonner ; je me trompe peut-être mais je crois que tu seras médecin, un grand médecin, plus savant que ton grand-père, et si je me trompe tant pis, ce sera un peu mon rêve !

Ne cherche pas à me joindre. J'ai posté cette lettre d'un endroit pour que ne soit pas inscrit le nom de la poste. Nous avons même changé de nom ; il le faut pour ne pas être poursuivis !

Notre séjour, je te l'ai dit, sera provisoire ; nous avons fait des demandes pour des pays outre-Atlantique et elles sont en bonne voie d'aboutir.

Vois-tu, j'ai un peu de mal à stopper cette lettre car je sais que ce sera notre dernier échange. J'écrirais encore, oui, je t'ai aimé, non ne pleure pas, te souviens-tu de la soirée après la piscine quand j'ai posé ma main sur ton épaule la première fois ? Je retiendrai cette sensation ! Et ta détermination, ta gentillesse.

Oh, j'oubliais, je n'ai jamais su si ta mère et ton grand-père et toi pratiquiez une religion mais au fond de moi, je pense que ton grand-père ne t'a pas tout dit ; lui aussi aurait des secrets que je ne serais pas étonnée. Je ne le saurai pas mais à quoi bon, nous avons apprécié notre jeunesse, notre envie de vivre ! Vivre, vivre, mais aujourd'hui, il a bien fallu partir !

Gros bisous mon cher Jérémie ! ……………………..

Par la suite, Cemile avait tracé un trait sur plusieurs lignes ; Jérémie pouvait imaginer ce qu'elle avait pu écrire. Cela laissait l'imagination produire ses magnifiques ou ses durs effets.

Il relut plusieurs fois la lettre. Il n'en croyait pas ses yeux et en même temps, il pensait son ancienne amie capable et suffisamment déterminée pour garder un secret. Sa mère lui avait même dit que le prénom Cemile signifiait femme aux secrets, il s'en souvenait à l'instant !

Le lendemain et le surlendemain, il relut encore la lettre. Il en parla même à Shana ; c'est vrai qu'elle avait permis avec le temps de cicatriser un peu les plaies et elle le fit encore en l'obligeant à chanter dans la salle de répétition pour quitter cette morosité. Le contact de Shana lui redonnait vraiment envie de vivre. Il n'oubliait pas Cemile mais il devenait amoureux fou de Shana. Avant de dîner un soir, il relut la lettre de Cemile. Elle abordait dans sa lettre la question religieuse de sa famille. Son grand-père n'aurait pas encore tout révélé à Jérémie ? Comment pouvait-elle penser cela, et à quoi l'avait-elle deviné ? Et être médecin, c'est vrai qu'il y avait pensé depuis qu'il était arrivé à Grenade !

# 22

Jérémie avait beau lire et relire la fin de la lettre de Cemile, il ne voyait pas ce qu'elle voulait signifier. A un moment, il pensa véritablement être kurde, c'était probable et c'est ainsi que Cemile avait pu entrevoir certaines choses, chez son grand-père ! Parfois, il se voyait arabe, oui descendant d'arabe, résistant aux chrétiens près de Jérusalem ou face aux syriens francs.

— Viens donc, et arrête tes lectures pour aujourd'hui, tiens, tu lis Maalouf maintenant, qui te l'a conseillé celui-là ? Je ne l'ai pas lu, je l'ai bien aperçu à la librairie rue des rois catholiques, tu me le passeras ! On n'a pas cours que je sache, je vais te faire découvrir La Grenade contemporaine.

— Il y a encore quelque chose que je n'ai pas découvert ?

— Oh, oui ! Je voudrais t'emmener sur le lieu qui nous donne notre identité à nous Grenadins !

— L'identité, moi, je cherche la mienne, on m'en parle, on m'en parle ! A qui puis-je m'identifier dans l'échelle familiale et à quel peuple j'appartiens ?

— Je viens de lire que « un peuple c'est beaucoup d'hommes qui puisent dans un même réservoir de langue et de culture, qui se soumettent sans effort à un complexe de traditions identiques, qui se réclament d'une histoire commune mais aussi d'un avenir convergent », alors…

Jérémie était venu de Syrie, avait épousé la culture turque, ne se souciait pas de traditions du pays mais il voulait participer au futur avec ses amis. Il lui semblait manquer de traditions ; est-ce que cela pouvait empêcher l'appartenance à un peuple ?

— Eh ! Tu rêves ! Shana le bouscula gentiment alors qu'il enfilait ses chaussures.

— Toi, tu as des traditions bien ancrées et tu as l'air heureuse de les vivre, moi, je crois que je n'en ai pas !

— Eh bien adopte-les miennes ! répondit-elle sur un ton amusé, en le bousculant une seconde fois. Tu vois, tu trébuches ! Tu manques d'assises, c'est certain ! Prends les miennes !

Shana ne croyait pas si bien dire : Jérémie trébuchait sur son absence de vécu traditionnel !

Et Shana poursuivit :

— Tu sais, les traditions se mêlent et se démêlent, pour en créer d'autres qui se perpétuent à leur tour et influent sur d'autres. Il y a une permanence dans le variable culturel ! Ou beaucoup de variables dans le peu de permanence ?

— Comment tu as dit ? Tu causes bien ce matin ! Pour le moment, j'ai l'impression de me liquéfier tous les jours au fur et à mesure que j'avance, j'ai l'impression que je vais devoir faire un saut mais je ne sais ni où ni comment !

— Oh ! Mais ça ne va pas toi, viens un peu avec moi, je connais un bon médicament ! Elle le poussa légèrement et il comprit qu'elle voulait l'emmener en salle de chant. Il s'attendait à ce qu'elle le serre très fort dans cet espace devenu intime, mais non !

Les premières vocalises ne furent pas brillantes, mais entraîné par les boîtes à rythmes, il devait sur consigne de Shana, inverser à la fois la montée des sons et celle des rythmes. Peu à peu, Jérémie se laissa porter et cette fois, ils enchaînaient les phrases musicales ; c'était un véritable dialogue de sons.

— Dis donc, tu apprends vite, et ça va mieux n'est-ce pas !

Elle était presque professorale mais gardait son air et son accent espiègles !

Elle lui sourit alors, le prit par l'épaule encore pour le taquiner, mais cette fois c'est Jérémie qui la prit par la taille, la fit se retourner et l'embrassa sur la bouche. Shana n'esquiva pas, elle laissa sa lèvre inférieure humide venir gouter à celle tendue avidement par le jeune homme. Ils restèrent un moment à vivre cet instant. Judith allait revenir et Shana ne voulait pas dévoiler leur relation. Ils partirent donc !

— Alors, où m'emmènes-tu, lui demanda Jérémie qui se frottait encore à l'épaule de Shana.

— Aujourd'hui, on découvre deux figures célèbres de Grenade.

Qui n'était pas célèbre à Grenade ? L'ancien cadi, le juge de la ville, les rois, le sultan, l'évêque, les résistants sous Franco, les savants qui avaient donné la renommée de l'Andalousie ?

Jérémie prenait plaisir à se laisser guider dans la ville.

Ils arrivèrent près des universités. De là, partaient des cars en continu. On prend celui-ci, maintenant, dit-elle en l'accrochant par le bras comme une amoureuse. Shana régla le tarif au conducteur et ils allèrent s'asseoir au fond sur le dernier siège. Jérémie avait eu le temps de voir l'étiquette collée sur le pare-brise : Fuente Vaqueros.

— Je t'emmène chez mon premier amoureux !

— Pardon ?

— Tu serais jaloux ? Tiens, tiens, mais non, c'est mon amour de chant ! Chez Garcia Lorca !

Au bout d'une demi-heure à peine, après avoir traversé une partie de la plaine, ils arrivèrent dans un village, car, c'était encore un petit village ! Il avait grandi bien sûr, les cafés étaient nombreux et les terrasses plus importantes que du temps de Lorca.

Ils avaient déjà vu la maison de Lorca et elle lui revenait à l'instant à l'esprit. La table, les photos de jeunesse, la cheminée, l'acte de naissance, le lit du père, la photo de la madre, l'affiche de la pièce de théâtre « Maria Pineda » et surtout son écriture. L'écriture qui fait l'homme, l'écriture qui témoigne de l'écrivain, qui parle des autres enfants, l'écriture qui se meut en dessin pour encore mieux atteindre ce qui est à dire ! Les témoignages parfumaient les pièces de leur odeur d'un autre temps ; même de la cuisinière laissée en place, on pouvait imaginer les parfums délicats enivrer l'espace familial. A l'étage, le titre de la pièce de théâtre relative aux fleurs ; plus loin, l'affiche des livres qui en attribuaient le sens. Shana et Jérémie devenaient les vagabonds agiles marchant gaiement sur le sentier poétique du langage florilège. Garcia Lorca avait vécu là. Il était peut-être là, le parfum de la belle Grenade ! Il se situait peut-être là le point d'harmonie entre le douloureux passé et la possible création de l'avenir. Il avait fallu que des hommes tombent, que lui, Garcia Lorca meurt en combattant de l'esprit cette fois, pour que perdure en Grenade cet esprit de conciliation. Entre la tradition qui fixait les racines et la possible innovation intellectuelle, le manuscrit de la conférence « Architecture du Cante Jondo » apparaissait en meilleure place, tout à côté des paroles de la pièce de théâtre Maria de Pineda et pas très loin de l'esprit fulgurant de Dali.

Quand ils sortirent, ils virent la tête de Garcia Lorca entre deux branches de lierre. Ils ne purent s'empêcher de prendre une bonne bouffée d'oxygène ; étaient-ce les parfums de nature qui embaumaient à ce point l'espace : le myrte, c'était ça ! Jérémie s'approcha de Shana, lui caressa le cou. Elle lui pressa la main contre elle en tournant la tête.

— Tu te souviens de mi pueblo ? intervint Jérémie

— Un peu !

— Quand il décrit sa jeune amie d'enfance et puis quand il la retrouve des années plus tard, tu te souviens de ce qu'il dit à son propos ; c'est triste, non, cette fatalité des pauvres à devenir pauvres, cette répétition, malgré eux, malgré nous ! C'est insupportable, cette reproduction sociale ! ! Comment serons-nous dans un an, dans dix ans ? Est-ce que j'en saurai plus sur mon histoire ou serai-je toujours dans l'ignorance ? Tu vois, ton père dit qu'il a raté le lien avec ses parents, moi, j'ai l'impression de faire la même chose mais ce n'est pas ma faute, j'essaie, mais tout m'échappe !

— Oh, alors toi, tu ne vis pas « ici et maintenant », tu as peur, tu crains l'avenir, mais on est là, ensemble ! La vie est à nous !

Voyant la mélancolie de Jérémie, elle lui prit la main, la caressa tout en le regardant, l'embrassa encore et encore. Vraiment, on est sérieux quand on a dix-sept ans !

— Tu sais, dans un mois à peine, je devrai repartir !

Elle le regarda langoureusement dans les yeux :

— Et maintenant, retour sur Grenade et je t'emmène aux jardins !

Ils firent un petit tour sur la placette, tournèrent autour de la sculpture de Lorca ; celle-ci encadrée par deux pieds de lierre luxuriants regardait les jets d'eau s'épanouir et ruisseler sur un muret de béton. Ils dégustèrent une glace à la cafeteria la plus proche, reprirent le bus en chemin inverse. Blottis au fond du car, ils ne prononcèrent pas un mot : ils venaient de découvrir l'aspect éphémère de la jeunesse, surtout quand la violence s'en mêle.

En arrivant près des universités, Jérémie se mit à observer les étudiants et les étudiantes qui, sac au dos, en sortaient. En septembre prochain ? La question lui était venue comme ça.

— Ici et maintenant, on a dit, mon Jimmy ! Allez viens !

Ils quittèrent les lieux en trottinant pour prendre un nouveau bus.

— Où on va ?

Ils descendirent Plaza Nueva, empruntèrent la rue Gomerez que Jérémie commençait à connaître. Au lieu d'aller vers l'Alhambra, ils prirent la rue empierrée sur la droite, dépassèrent l'hôtel de l'Alhambra. Une grande bâtisse : le centre culturel de Manuel de Falla. — Il faut toujours aller au cœur de la vie des artistes, c'est dans leur foyer qu'on découvre les raisons de leur manière d'être, les positions qu'ils ont prises, leur travail ! Je t'emmène au cœur de la maison natale de ce grand musicien ! Pourquoi ce musicien ? Il n'était pas artiste ! Mais au fond, cette visite le divertissait encore un peu.

Shana allait d'explication en explication puis elle se tut. On entrait par les jardins. Le buis développait encore ses parfums. Elle montra un banc à Jérémie. De ce point de vue, toute la Sierra était impressionnante. De la fenêtre de son bureau, Manuel de Falla pouvait admirer la Vega tout en jouant du piano. Derrière la porte, Jérémie observa attentivement ; oui, c'était bien un dessin signé de Garcia Lorca.

— Il venait là, en ami, exprima la guide.

Et là, c'était bien une toile de lin brodé ! Des soleils apparaissaient, des formes plus naïves répondaient à d'autres dessins imaginés.

— La maison a été reconstituée presque à l'identique grâce à un ami proche de Falla qui lui avait acheté presque l'ensemble des meubles quand le musicien était parti pour l'Argentine.

— Pourquoi parti en Argentine ? demanda Jérémie

— Après la guerre civile !

La guerre fait fuir, comme toujours ! Et dans quelque temps, je vais retrouver cette ambiance guerrière, continuait à penser Jérémie. Plus que trois semaines et c'est mon retour ! Il le faut et pourtant ! Ce vingt cinq juin, l'équipe de football turque vient de perdre contre l'Espagne mais Jérémie s'en fiche, il n'est pas footballeur ! Par contre, il vient de savoir que la Turquie s'éloigne encore de l'Europe ; le Brexit a été voté et la Turquie pense que l'islamophobie constitue le principal frein à l'accession du pays à l'Union Européenne ! Le pays va prendre une autre direction c'est sûr ! Et nous, notre famille ! Et Shana qui fait la sourde oreille à tout cela ! Elle est comme Cemile, finalement, les événements ont l'air de lui glisser sur la peau !

— Plus que trois semaines, Shana !

— N'y pense pas, viens !

Elle l'entraîna dans des petites ruelles, le prenant par la main. Elle lui avait encore promis autre chose.

Ils reprirent un bus.

— On aurait pu aller à Santa Fé mais ici, à Grenade, on en a aussi !

— Santa Fé ! La ville créée par les Chrétiens pour venir fondre sur Grenade !

— Cette fois, c'est toi qui va fondre sur quelque chose ! Attends de voir !

Ils parvinrent rue de la Constitution. Une pâtisserie !

Au dire de Shana, c'était un des meilleurs endroits pour déguster un pionino.

Tout le monde y tient à ce biscuit. L'origine est encore religieuse ; le nom aurait été donné en l'honneur du pape Pie neuf, d'où Pio nono, en mille huit cent cinquante huit.

— Tu vois, le gâteau a deux parties : une fine tranche de biscuit enroulée en cylindre ; elle est imbibée de liquide doux et ça lui donne une texture fraîche ; il y a une couronne de crème légèrement dorée, tu vois, disait Shana tout en réalisant la commande.

— Mais pourquoi Pio nono ?

— Ceferino isla Gonzales, muy devoto de la Virgen, quiso rendir un homenaje al Papa Pio IX que unos anos antes, en 1854, habia proclamado el dogma de la Immaculada Concepcion de Maria, répondit la serveuse. C'est censé représenter la tête cylindrique du pape, figure mise en valeur pour l'instauration du dogme de l'Immaculée Conception chez Marie ! lui reprécisa Shana.

— La conception ne peut pas être immaculée, c'est contre nature, commenta Jérémie en a parte à Shana, qui lui fit signe de se taire !

Tout en dégustant les pâtisseries, mais c'est vrai qu'on ne pouvait en faire qu'une bouchée, Shana répéta à Jérémie que la Conception Immaculée ne pouvait pas être remise en cause ici ! C'était un dogme !

— Un dogme, un vrai alors, un dur, répondit Jérémie. Pas discutable !

Décidément, chaque pays avait ses vérités établies, même contraires à la science, ici la conception sans tâche, là-bas « tout par Dieu », les femmes sans âme, ailleurs les enfants au travail, les femmes comme objet sexuel et toujours l'ignorance comme grand tableau d'honneur ! Tout à coup, Jérémie se sentit investi par une mission : développer la science pour faire comprendre les événements ! Ne pas la placer en croyance car de cette position, elle deviendrait dangereuse mais quand même, la faire partager à quiconque ouvre un livre ou non ! L'ignorance, les maladies, éviter cela ! Et si c'était possible ! Il en ferait le serment immédiatement ! Etre médecin ou dans la recherche médicale devenait à ses yeux une nécessité ! Cemile l'avait perçu, bien avant lui ! Mais alors, il fallait s'inscrire à Istanbul et vite. Il en parla à sa mère le soir même. Un peu étonnée mais pas foncièrement surprise, elle promit de faire le nécessaire.

Que lui réservaient encore les proches lendemains ? Il était convaincu que le tourisme approchait de sa fin, que les jours à venir allaient lui révéler bien des choses inattendues. On irait d'abord à Cordoue, voir l'imam de la célèbre ville andalouse, avait dit Maïmone. On visiterait aussi la grande mosquée, on irait dans les vieux quartiers, on irait se promener sur les berges du Guadalquivir. Tout un programme ! Sans oublier Myriam qui devait revenir d'un jour à l'autre, il fallait qu'elle attende encore son nouveau visa qui irait au moins jusque fin juillet.

# 23

A la fin de la semaine, ce fut le départ pour Cordoue, très attendu par Jérémie. Il ne savait pas pourquoi. Etait-ce la rencontre prévue avec l'imam qui allait permettre de témoigner de la vie antérieure d'Hassan, était-ce la joie de vivre qui croissait de jour en jour, la relation amoureuse cachée avec Shana, le bonheur grandissant d'être dans une famille, il ne savait plus très bien mais il se sentait heureux au moins pour un temps, bien qu'on approchât de la fin de l'année scolaire ; il savait que cela annonçait un retour en Turquie. Comme si on pouvait revenir à un modèle de vie antérieure ! Tout serait différent maintenant ! Malgré tout, il se projetait vers l'année suivante et son devenir d'étudiant. Alors, avant cette escapade à Cordoue, il avait pris soin d'avancer tout son travail. Consciencieusement, il avait multiplié les exercices de mathématiques, fouillé ceux de biologie, en particulier tout ce qui se rapportait à la génétique. L'entrée en première année de médecine paraissait tout à fait possible au regard de ses résultats scolaires, avait répondu à sa mère la commission d'entrée en enseignement supérieur. Jérémie pensait avoir bien assimilé le contenu du programme mais il se répétait tout ce qui concernait l'ADN, il décortiquait phénotype et génotype, allèle dominant ou récessif !... Et mon expression phénotypique ? Il en revenait toujours à sa quête ! La couleur de ses yeux, la couleur de ses cheveux ? Un peu de sa mère oui, et de son grand-père aussi ! Et son père alors, finissait-il par se demander !

Pour le moment, il était dans une famille d'accueil qui le divertissait un peu de ses préoccupations. Il partait pour trois jours entiers visiter la Cordoba, la grande Cordoue historiquement connue. Il en reviendrait émerveillé, c'étaient les termes exprimés par Judith. A la gare des bus, il régnait une atmosphère de grand chambardement ! Une foule arrivait par cars et taxis : c'est que chacun allait chercher quelque chose quelque part ! Des racines, de l'affection, du travail, peut-être une distance d'avec des proches trop étouffants. La quête ne se lit pas toujours sur les visages ; parfois ce sont les valises qui parlent d'elles-mêmes. Il n'avait pas de valise ; à cet instant, comment lire le mal-être de ce jeune garçon ? Personne ne pouvait lire en son cœur l'anxiété existentielle. Une famille l'accompagnait mais il ressentait l'absence familiale, le vide filial.

Dans le bus, Judith et Maïmone se placèrent sur la seconde rangée près du chauffeur alors que Shana dirigeait Jérémie vers le fond, munie de son billet ; elle y avait encore mis son grain de sel, à n'en pas douter !

Shana mit en route un film disponible à partir de la tablette individuelle placée à hauteur des yeux. Au bout d'un moment, pour se soustraire au bruit de fond du film, de la route, des bavardages à proximité, Jérémie choisit de la musique : il essaya du blues du Tadjikistan. Il regardait par la vitre les paysages défiler. On quittait Grenade. Que des oliviers bien alignés, des rangées qui couraient de la vallée vers les sommets des plateaux. Il se remit à ses cours pour éviter de penser à sa situation de voyageur à qui on proposait de temps en temps des repères informes comme des vieilles bornes géodésiques perdues et oubliées dans les ronciers de l'histoire. Il avait tellement attendu et ne voyait rien venir ! Au moins les sciences lui apportaient un réconfort car elles lui paraissaient solides et stables. Alors que Jérémie mémorisait ses cours, Shana s'approcha et vint se frotter à lui ; avait-elle remarqué sa mélancolie ? Elle le poussa de tout son corps et lui glissa la main derrière le dos, le caressa puis le pinça légèrement. Avant que Jérémie n'ait pu réagir, elle l'avait bousculé une seconde fois si bien qu'ils se retrouvèrent allongés sur la banquette arrière. C'est Jérémie qui la retint quelques secondes sur elle à ce moment mais il desserra vite son étreinte car il ne se sentait pas d'humeur et de plus pas tranquille : les parents de Shana devaient les observer. Ils se remirent assis ; elle lui caressa la cuisse ; il arrêta sa main et désigna l'avant du car. Shana comprit. Elle le chatouilla alors comme s'ils étaient seulement deux amis qui se taquinaient. Jérémie ferma ses livres et observa Shana. Non, elle ne pouvait pas savoir à quoi il avait pensé ! Il changea de ton et de registre, pour elle mais aussi pour lui ; en procédant ainsi, il s'arrachait de sa tristesse :

— Récite-moi plutôt ton rôle dans la pièce que tu dois jouer, c'est quoi déjà, le roi Lear !

— Le rôle de Cordélia bien sûr !

— Allez, je t'écoute et pas d'hésitation s'il te plaît !

— C'est le rôle de la fille déshéritée, tu sais, celle qui est réprimée par son père mais…

— Je ne suis pas ignorant quand même, allez, joue ! Sors tes tripes, c'est à ton tour !

— C'est difficile car c'est …

— Mais tu joues, oui, je t'écoute !

Jérémie ouvrait de grands yeux et attendait de goûter au plaisir d'écouter la voix suave de son amie.

— Celle qui garde au fond de son cœur toute la tendresse pour un père abusé de ses deux autres filles ! ajouta-t-elle encore.

— Mais alors tu commences !

Cette fois, Jérémie la jouait fine ! En apparence très directif, il attendait que sa jeune amoureuse joue dans le ton le plus affectueux et qu'il n'ait plus qu'à lui poser un regard langoureux pendant qu'elle s'efforçait de jouer juste !

Le jeu cessa entre eux quand ils approchèrent de Cordoue.

Ils passeraient deux nuits à Cordoue. L'appartement avait deux chambres, une cuisine mise à disposition, un salon et une salle de bain à l'italienne. Judith clama fort qu'elle avait choisi sa chambre en raison du lit double. Dans la seconde chambre, deux lits d'une personne étaient flanqués contre les cloisons. Au milieu de la pièce, un grand rideau faisait office de séparation. Le tout était charmant. Maïmone proposa de prendre un thé avant de descendre dans le cœur de Cordoue.

— Par quoi on commence ? avait claironné Shana, de la salle de bain.

— Il y a un bus, le numéro trois qui descend vers le centre ! remarqua Judith en consultant les lignes sur son téléphone.

— On commence par une promenade le long du Guadalquivir ! Ou alors...

Jérémie n'eut pas le temps de terminer que Maïmone proposait de sa chambre d'achever le petit déjeuner à la manière cordouane dans l'avenue du Gran capitan.

— C'est loin ?

— A cinq minutes !

Maïmone affichait un sourire engageant.

— Vous avez l'air en forme, Maïmone !

— Toi, je t'ai déjà dit, tu me tutoies, autrement je te mets à l'amende, et Maïmone passa à côté de lui en le bousculant un peu en signe de gentillesse.

Au lieu dit, face à la rue semi-piétonne, ils dégustèrent du pain à l'huile d'olive et frotté à l'ail et à la tomate ! Et bien autres choses ! C'était délicieux.

Puis, dans un accord tacite, les yeux se tournèrent vers Jérémie et, lui proposant le plan et le livre de tourisme :

— A toi de choisir où on va maintenant ! Tu proposes un circuit ?

Les regards étaient bienveillants mais ils attendaient indéniablement une réponse !

Il regarda attentivement la carte ; enfin il pouvait choisir ! C'était à lui que revenait de tracer sa voie !

— D'ici, on peut rejoindre la grande Plaza de las Tendillas et, comme disent Ouri et ma mère, j'ai remarqué, ils disent la même chose, « on peut déambuler jusqu'à se perdre », eh bien allons-y, perdons-nous, laissons la ville nous imprégner. On peut aller par les jardins et descendre entièrement ces grandes allées pour arriver près du Guadalquivir ; j'en ai tant entendu parler de cette ville située au carrefour des routes commerciales au temps de la grande période « andalous » que j'aimerais respirer cet air qui suit le fleuve.

— Tu deviens très romantique, Jérémie, c'est l'eau des jets qui t'inspire ! Maïmone prenait un réel plaisir à le taquiner gentiment ce matin. Il n'était plus le professeur, il n'était plus le gitan malheureux, il était un père de famille prenant plaisir à vivre avec des proches !

— C'est ma mère qui parlerait comme cela, mais c'est vrai, j'aimerais le longer, sentir les parfums du fleuve ; à la lecture d'ouvrages, j'ai ressenti de bonnes sensations, alors pour tout vous dire, je m'interroge pourquoi mais j'aimerais qu'ils m'enivrent ! Et puis j'aimerais aller face au pont romain, marcher dessus en pensant à l'histoire et puis, peut-être d'abord aller vers la place du Potro.

— Joli circuit et belle envolée, et surtout grande sensibilité, Jérémie, on ne le savait pas, commenta Judith, mais il faudra voir et respirer à pleins poumons, je suis d'accord !

— Moi aussi, je veux bien faire le tour et arriver à la Plaza de Potro ! intervint Shana en clignant de l'œil à l'adresse de son ami.

— Vous vous êtes mis d'accord, tous les deux, ça se voit, c'est de l'entente illégale, enchaîna Maïmone sur un ton taquin. Et tu connais la Plaza de Potro ?

— Le nom mais je ne sais plus pourquoi !

— Et en début d'après-midi, on visite la mosquée, visite guidée, on ne l'oublie pas!

La Plaza de Tendillas offrait déjà ses jets rafraichissants au public et surtout aux enfants qui se faufilaient entre les colonnes, ses tubes cristallins ou ses gerbes transparentes. Shana fit signe à

Jérémie ; ils bondirent vers l'espace aquatique ; Judith et Maïmone riaient de les voir se taquiner ainsi comme deux enfants, sous les embruns qui se détachaient de l'esplanade sous l'effet d'une légère brise déjà chaude. C'était une magnifique place et la journée promettait d'être belle !

Ils descendirent par les ruines romaines ; Jérémie traversa la rue et alla observer de près ses colonnes. Si son passé était là, il fallait le humer ! Et d'abord savoir s'il fallait remonter le temps aussi loin ?

L'idée lui vint tout à coup : et si Maïmone et Judith savaient plus de choses sur son histoire, plus qu'ils n'en avaient l'air. Au fond, Myriam leur avait peut-être raconté pourquoi elle avait tenu à la présence son fils en Andalousie.

— Mais au fait, on ira voir les ruines de l'ancienne Cordoue, la ville construite par Abd al Rahman III, celui qui a instauré le califat de Cordoue ? Je crois avoir lu qu'elle s'appelait médina Azahara.

— Si l'on peut Jérémie mais c'est un grand domaine de plus de cent hectares et puis nous avons tant de choses à voir dans la ville elle-même !

Ce n'était sans doute pas dans cette direction qu'il fallait fouiller !

Ils arrivèrent bientôt sur la place de la Corredera, puis dans des ruelles où les bars et les ateliers artisanaux étaient encore fermés. Jérémie en oubliait un peu ses soucis, ses interrogations. Il se sentait bien avec ces gens qui lui témoignaient de la sympathie, avec Shana qui lui offrait des regards attendrissants. Pour une fois, il se sentait un peu plus « ici et maintenant ». Il déambulait, levant les yeux sur tel balcon ou tel autre. Il arriva sans qu'il n'y prenne garde à la grande avenue qui longeait le Guadalquivir. Enfin il le voyait de ses propres yeux, ce fleuve qui avait vu l'arrivée de marchands dans les temps antiques, qui avait vu l'arrivée des Romains, peut-être de ses ancêtres marchands ! Aujourd'hui, le fleuve offrait ses rives aménagées pour des promenades agréables entre le pont romain et le Puente de Miraflores. Shana et Jérémie ouvrirent de grands yeux à la découverte de la place entièrement pavée à l'ancienne, flanquée d'édifices médiévaux et d'époque Renaissance.

– La place del Potro ! Il est là le petit poulain en haut de la fontaine, je croyais que c'était une blague ; c'est Shana qui s'émerveillait de sa trouvaille. C'était donc vrai ; je pensais que Cervantès l'avait inventé, mais non ! Elle découvrait, elle aussi, la réalité inscrite dans les romans. Elle expliquait à Jérémie, très sérieuse, cela lui arrivait, que cet endroit avait été la place commerciale la plus importante jusqu'à la Renaissance. Elle se faufila entre les curieux, entraînant derrière elle le jeune homme pour visiter au moins la galerie de l'ancienne Posada del Potro, l'auberge telle que Cervantès l'avait décrite dans le Don Quichotte. On y mangeait bien mais ce serait pour une autre fois. Maïmone et Judith en étaient déjà ressortis main dans la main et se dirigeaient vers le haut de la place contemplant les belles portes Renaissance qui ornaient les façades. Ils iraient voir le musée des beaux Arts mais Shana voulait emmener Jérémie voir le musée Julio Romero de Torrès, situé tout à côté : il se laissa séduire par l'idée mais aussi par les yeux de plus en plus convaincants ! Elle expliqua que les professeurs de sa classe avaient insisté sur ce peintre et son œuvre. Pour le moment, tout en argumentant du bien fondé de la visite de ce musée, tout en longeant les tableaux, elle argumentait aussi de ses mains sur le cou de Jérémie ou sur le bas de ses hanches. Il regardait alternativement le tableau « La chiquita Piconera » et Shana ; là aussi le peintre avait réussi ce que la nature peut offrir de beauté. Shana en rougit devant le regard insistant de Jérémie ; c'était la première fois. Alors que des visiteurs quittaient la salle, Shana se frotta encore à lui, lui prit la main et lui offrit un baiser. C'était encore un baiser volé. Les parents entrèrent à l'instant ! Avaient-ils vu quelque chose ; en tout cas, ils ne firent aucune remarque. Ils continuèrent donc à regarder les affiches publicitaires du peintre, un travail très important. A l'étage, les peintures les plus célèbres, encore des jeunes femmes alanguies aux mines provocantes. Pourquoi le fond était-il toujours sombre, alla-t-elle demander à sa mère. C'était aussi une façon de vérifier que ses parents n'avaient rien remarqué de leur liaison. Etait-ce pour bien faire comprendre l'âme andalouse que l'opposition était aussi forte ? Les nus s'affichaient nombreux : el Pecado, le péché ! Etait-ce donc un péché de voir le corps d'une femme, de le montrer, de le désirer ? Et le tableau « le Cante Hondo », pourquoi cette vision psychédélique ? C'est l'amour, c'est le corps qui appelle, qui séduit, qui apaise mais c'est aussi le fond de l'âme fatale ! Les nus nous parlent d'amour et à côté d'eux rôde la mort dans les cercueils ! Quelle originalité cette peinture de Torrès ! Shana récitait ou ressentait-elle tout cela ? La passion, dit-elle, le chaud et le froid dans la même peinture ! L'amour, la jalousie et puis la mort ! La vie, tiens, tout simplement, mais c'est triste ! Elle n'est pas si gaie que cela, pensait finalement Jérémie. C'est vrai, les amants qui s'embrassent, un autre qui poignarde une femme et à l'arrière du tableau un cercueil ! Quel tableau sous un ciel d'orage ou sur un fond de ténèbres comme si les humains avaient leur finitude dans ce cercle de l'amour et de sa rupture ! Pourquoi Shana insistait-elle tant à présent ? Jérémie la regarda avec insistance. Oui, ils n'en étaient qu'à la première envolée du monde ! Shana vint vers lui avec des yeux un peu larmoyants. Leur amour ne dépasserait pas les frontières ? Ou alors, l'un des deux devrait partir, quitter son pays ?

— C'est rien !

Et elle l'embrassa sur la joue cette fois, bien à la vue de ses parents.

Déjà quatorze heures ! Tout le monde avait un petit creux. Pour une pause déjeuner, l'endroit idéal se situait à deux pas : La Taberna Plateros. Une foule s'y pressait déjà. Le serveur apporta des plats de morue différemment préparée. C'est Judith qui avait commandé : vous n'avez pas choisi mais chacun pourra prendre un peu de chaque plat ; c'est pour goûter !

On prendra le dessert plus tard, pas très loin, je connais un bon endroit pour déguster un gâteau de grande renommée, ajouta-t-elle.

Pour Shana, ce n'était pas une surprise mais elle sourit à la proposition.

A la fin du repas, alors qu'ils allaient quitter le restaurant, le téléphone de Jérémie vibra. C'était sa mère.

Tout allait bien. Myriam sembla un peu étonnée de l'entrain de son fils. Elle lui parla même de Cemile mais le jeune homme abrégea, oui, il était bien ici ; il se plaisait à merveille. Non, il n'était pas retourné chez Ouri ; il le voyait régulièrement, mais on l'avait invité à rester chez Maïmone, Judith et Shana, qu'il cita en dernier. Tu t'entends bien avec elle ? Oui, oui ! Jérémie ne voulait pas s'étendre. Et vous allez bien à la mosquée tout à l'heure ! Maïmone m'a demandé d'être disponible quand vous y serez ! Ah ! Oui tu peux me passer Maïmone ! Et au fait, je devrai arriver dans une huitaine de jours, j'attends mon nouveau visa mais à l'agence on m'a bien dit que ça n'allait pas tarder ! Tu peux me passer Maïmone maintenant !

Shana avait écouté la conversation avec beaucoup d'amusement bien sûr ! Sur la chaussée qui menait à la mosquée, elle vint à plusieurs reprises le taquiner sur ce qu'il avait répondu à sa mère ; oui, très bien, oui, avec Shana, c'est bien ! A merveille !

L'entretien avec l'imam était bien prévu dans une heure. La conversation en espagnol allait bon train entre Myriam et Maïmone. Ils semblaient répéter l'audience qu'ils allaient avoir.

Dans un virage, Jérémie s'approcha involontairement du père de Shana ; le débit de Maïmone semblait rapide, saccadé et chacun répondait rapidement à l'autre. Il ne comprenait plus ce qu'ils disaient. Jérémie semblait vivre la même scène qu'au musée du Sacromonte quand ils descendaient les marches. Mais non, ce n'était pas de l'espagnol, il en était certain cette fois, car il avait bénéficié d'un bon bain de langage. Pourquoi donc changeaient-ils de langue ?

Jérémie tenta bien une question mais Maïmone lui promit une réponse un peu plus tard car là ils rentraient dans la mosquée.

## 24

L'imam de Cordoue avait promis d'attendre Maïmone à l'intérieur. Il était facilement identifiable ; au milieu des colonnes de marbre innombrables, toutes en enfilade, Jérémie aperçut un monsieur revêtu d'une djellaba blanche, à la longue barbe grisonnante mais soignée. Son visage angélique sourit immédiatement à la vue de Maïmone. Chacun sembla tendre les bras vers l'autre. Ils restèrent un moment face à face, les mains liées. Alors, l'imam entraîna Maïmone par l'épaule. Ils commencèrent une conversation assez longue. Tout en regardant l'enchevêtrement des formes et des couleurs, Jérémie entendait un peu ce qui se disait. On vint même lui demander de répéter ce qu'il savait d'Hassan. Maïmone téléphona à Myriam. Elle confirmait la radicalisation de son ami et les propos tenus.

Ici, dans ce qui avait été le temple de Janus du temps des Romains, ce Dieu des commencements et des fins, ce Dieu au double visage, une autre période débutait comme opposée à la première ; jusqu'où mènerait l'orientation proposée par Hassan ? Myriam confirmait l'esprit de vengeance et de destruction de son ancien compagnon. Ce n'était pas pour rien qu'il était venu en ces terres ! C'était à nouveau revenir, balayer le passé pour réinitialiser l'islam conquérant et intransigeant ! Entre les douze travées de la première mosquée initiale, l'échange entre les deux amis avait valeur historique. Dans cet espace si paisible, une autre voix semblait vouloir déstabiliser la région. Bien sûr, tous les deux savaient la succession des conquêtes, une wisigothe puis une chrétienne, une musulmane à partir du huitième siècle et une autre chrétienne à partir du treizième siècle et surtout au quinzième à la construction de la cathédrale au milieu de cette mosquée. Quand Jérémie entendit parler de cathédrale, il pensa avoir mal entendu ! Il crut à une erreur alors il demanda quelques explications à Judith. Elle l'emmena dans les travées. Continuons, dit-elle, ici ce sont des colonnes de marbre rose ou bleu et regardez les coupoles ciselées et colorées, elle s'adressait aussi à Shana, elles apportent de la lumière et tu vois ces arcs sculptés ! C'est vraiment nouveau, observez comment cela dégage l'espace. Et maintenant regardez en face ! La chapelle royale !

Apparut alors un espace totalement différent : c'était la cathédrale construite en mil cinq cent vingt trois ; elle existait bien, cette cathédrale, dominante, au cœur même de la mosquée, comme un cheval de Troie ! Un face à face historique comme deux armées en croisade ; on en aurait entendu les tambours et les trompettes guerrières menant les troupes de la noblesse et celles plus populaires au combat, galvanisées par les bannières, les chants, les reliques ou l'attrait d'indulgences !

— C'est un évêque du nom d'Alonso Manrique qui obtint de l'Empereur Charles Cinq, alias Charles Quint, l'autorisation de la construire. Mais ce dernier regretta bien cette construction ; elle fut achevée vers mil sept cent soixante six. Deux siècles de construction ! C'est pour cela que l'on peut y voir différents styles.

Judith restait académique !

— C'est certain, commenta Jérémie, cette fois encore plus sérieux et inquiet : Hassan ne peut pas admettre cela ! Après tout ce qu'il disait à Istanbul, ce n'est pas étonnant qu'il soit venu ici !

L'imam et Maïmone les avaient rejoints. Ils continuèrent la visite.

— Il faut à tout prix empêcher la montée de ce radicalisme ici ! Tu te souviens, Maïmone et toi aussi Judith, nous avons connu un peu le même épisode !

— En 2007, c'est cela !

— Oui, tout cela a recommencé en mil neuf cent quatre vingt un à Grenade, il n'y avait plus de mosquée vous vous souvenez ; cette mosquée était nécessaire car nous avions beaucoup de croyants musulmans en cette région ; ils sont venus travailler dans la restauration, dans l'agriculture, nous ne pouvions pas les laisser sans possibilité de prier mais cela nous a échappé, à nous qui voulons vivre ensemble en paix dans le plus grand respect ! Le financement a tout déréglé ! Et surtout, nous avons raté l'instauration du manifeste du deux janvier. Tu t'en souviens ! Il aurait fallu transformer la commémoration de la prise de Grenade par les rois catholiques en une fête des trois cultures ! Oui des trois cultures ! Et nous avons échoué ! Et maintenant, nous récoltons notre manque de conviction ! Cinq cents ans après la Conquista catholique, voilà la reconquista, non pas musulmane mais islamiste ! Tu comprends Maïmone !

— Alors ?

— Je vais essayer de m'entretenir avec lui, rapidement ! Mais …

Ils se quittèrent en s'embrassant à nouveau ! Il salua Judith et Shana et se tournant alors vers Jérémie, lui confia avec un sourire :

— Alors c'est donc toi qui as fréquenté Isham et Erdouane ; on se demandait bien qui tu étais ! Je vois que tu es un brave garçon, éveillé et je te félicite pour ton esprit critique !

Est-ce que Jérémie murmura un merci ? Il restait hébété : même à Cordoue, on savait qu'un jeune de son âge avait des fréquentations douteuses alors ! Et ? Mes fréquentations avec Shana, il est au courant aussi, il n'a rien dit ; il en a peut-être parlé à Maïmone.

A la sortie, la chaleur les surprit et les anéantit en quelques secondes.

— Nous avons traversé plus de deux hectares de fraîcheur et deux mille ans d'histoire ! se plut à dire Maïmone. Et maintenant, chose promise, chose due !

De quoi parlait-il donc ?

Shana vint lui souffler, presque à l'oreille :

— Tu as oublié le dessert !

Judith ne put s'empêcher de commenter innocemment : on dirait une confidence à un amoureux, ne pensant pas si bien dire.

Shana en rougit un peu et s'éloigna alors de Jérémie. Tous longèrent le trottoir à l'ombre des maisons, se rapprochèrent de l'arc de triomphe, un monument pompeux, l'évitèrent un peu, firent quelques pas, s'arrêtèrent un instant devant la Puerta del Puente, la porte du pont érigée à la Renaissance, admirèrent un moment le Guadalquivir.

— C'est ici, dit alors Maïmone d'un ton réjoui. Au moins, on va se rafraîchir !

C'était une pâtisserie, d'allure tout à fait ordinaire. La serveuse les invita à s'asseoir, posa plusieurs cartes sur la table.

— Je vous laisse choisir !

— Oui, mais je crois que nous avons déjà fait notre choix, s'empressa de répondre Judith !

Tout le monde avait l'air d'accord ; seul Jérémie montrait son embarras. Judith tendit son bras, ouvrit la carte et lui indiqua ce qu'il devait choisir ! Si, si ! insista-t-elle, tu ne peux pas être déçu et puis c'est une pâtisserie très délicieuse et très renommée !

Jérémie acquiesça. Très poli, il remercia Judith.

— La gourmandise n'est pas un défaut comme on peut le croire ou l'avoir dit par la religion ou par le corps médical, c'est l'abus qui est mauvais pour la santé et aujourd'hui on n'abuse pas, on goûte !

Chacun avait pu aussi commander coca ou eau fraîche en même temps ! Jérémie regarda à nouveau la carte pour connaître le nom du dessert dont on disait tant de jolis mots à mettre la salive à la bouche.

La serveuse apporta une grande tarte découpée en huit parts ; ça voulait dire qu'ils allaient en déguster deux chacun ! Une dégustation très gourmande alors !

Jérémie qui avait très soif commença par boire un demi-verre d'eau !

— Tu as raison, ne perturbe pas la saveur de ce dessert extra avec le coca !

Jérémie put voir avec quelle délicatesse Judith, Maïmone et Shana découpaient leur morceau avec une petite fourchette.

Jérémie ne connaissait pas cette saveur exquise ; pourtant, le sucré de la pâte lui rappelait quelque chose, comme une compote, mais celle-ci avait des petits fils assez intrigants.

— C'est une spécialité de Cordoue : c'est la torta cordobésa ! C'est une tarte fourrée au cabello de angel, aux cheveux d'ange.

Jérémie ne comprenait toujours pas, alors que Shana, discrètement, lui frottait le mollet de sa jambe. Et ce n'était pas la tarte qui le déstabilisait !

Euh ! C'est de la rhubarbe, osa-t-il !

— Non, Jérémie, c'est une tarte avec de la courge sucrée ; c'est vraiment une spécialité de Cordoue !

A la sortie de la pâtisserie, Maïmone montra le fleuve où s'érigeaient encore les ruines des barrages et des moulins à eau datant de l'époque musulmane.

— C'est par ici que s'est fait connaître la technique des moulins en Europe, commenta brièvement Maïmone.

Il semblait vraiment heureux de s'adresser à Jérémie en personne. Le professeur Maïmone, quarantenaire érudit, souvent mélancolique, redoublait ici de sourire, de bien-être et d'envie de partager.

Sous un soleil de plomb, ils allèrent déambuler sous les arbres de l'immense parc de Miraflores. Ils discutèrent longuement de la visite, mais bientôt Maïmone lui posa des questions sur sa vie à Istanbul, sur la profession de Myriam, sur leur famille toute entière. Il en vint aux projets de Jérémie, lui proposa même de revenir souvent à Grenade ; il indiqua que des solutions existaient pour continuer des études à l'étranger donc en Espagne à partir de la Turquie. Jamais Maïmone n'avait été aussi insistant auprès de lui. Que voulait-il donc savoir ? Jérémie faisait même la comparaison entre Ouri et Maïmone : ils se ressemblaient mais Maïmone semblait plus tendre, plus affectueux. Et puis cette vie à quatre, ça changeait de la vie avec sa mère : bien sûr, il y avait son grand-père mais il était si occupé qu'il avait peu d'échanges aussi détendus.

— Maintenant qu'on s'est un peu rafraîchi, on continue la balade ?

Il y avait encore à découvrir !

— Juste à côté, l'Alcazar!

— Je ne sais pas si je vais aimer mais je vous dirai tout à l'heure !

— Mais enfin Jérémie, tu n'arriveras donc pas à me tutoyer ! Je ne suis pas si inaccessible que cela tout de même !

— Pardon Maïmone, je me sens bien avec vous tous mais...

— Ça me toucherait vraiment tu sais !

Judith encouragea le jeune homme d'un clin d'œil.

L'eau bruissait et miroitait dans les bassins ; les bordures de roses, les fleurs des plantes aquatiques coloraient l'ensemble parfumé de myrte.

Les deux parents de Shana savouraient ce moment main dans la main, montrant une fleur puis une autre ; Shana et Jérémie les suivaient, bien en arrière, et s'étaient rapprochés l'un de l'autre ; tout en suivant le bord des bassins, ils se touchaient la main et l'épaule, de manière furtive. Devant cet espace bleu inondé de fleurs, les yeux des deux amoureux ne cessaient de se croiser dans un désir d'être à l'unisson.

Ils s'étaient assis sur une longue pierre, tout à leurs confidences, sans effusion de leur sentiment, lorsque Maïmone et Judith revinrent à leur côté.

Près de la célèbre porte d'Almodovar, Shana désigna Sénèque, perché sur un grand socle et faisant face à un petit canal où l'eau murmurait sous la chaleur maintenant étouffante :

— On l'a étudié en cours ; c'est un philosophe cordouan de l'époque de Jésus-Christ, un grand philosophe !

— J'en ai entendu parler mais tu sais, je ne sais pas ce qu'il a écrit !

— Et Averroes que l'on a aperçu sur les murailles à l'instant, tu connais ?

— Celui-là, je sais son autre nom, comment déjà, Ibn Rochd, je l'ai lu dans les derniers ouvrages que m'a conseillés ma mère, je me demande pourquoi d'ailleurs, mais je sais qu'il voulait propager la pensée d'Aristote et c'était risqué à cette période !

— La pensée andalouse régnait sur le monde à cette époque et dans un respect des trois cultures, tu entends ! Des trois cultures ! !

Ils entraient maintenant dans un labyrinthe de ruelles étroites, tortueuses.

— C'est comme l'Albaycin, ici, remarqua Jérémie. C'est un vieux quartier !

— C'est l'ancien quartier juif de Cordoue !

— Et ?

— Nous pouvons aller voir la vielle Synagogue, elle mérite le détour !

— Oui, mais après, j'arrête les monuments, vous savez Maïmone, pardon, tu sais, je suis un peu lassé de toute cette histoire. C'est sûrement important, mais je sature !

— Ok, mais on va être au frais et après on ira boire un verre.

— Je croyais que les juifs avaient été chassés d'Espagne, c'est Ouri qui nous l'a dit !

— C'est vrai ; cette synagogue a servi à bien autre chose même à la confrérie des cordonniers mais regarde les murs, on y retrouve les psaumes hébraïques.

Tout à coup, Jérémie eut une drôle de sensation qui ne le quittait plus. Il passa à côté d'une grande statue : cela lui rappelait ses lectures ; il ne put s'empêcher de faire le lien. Maïmonide, c'était bien ce juif qui fuyait dans l'ouvrage que lui avait encore confié sa mère. Coïncidences ou hasard ?

Jérémie regarda Maïmone droit dans les yeux et lui montra le nom sur le monument.

— Eh oui, Jérémie, tsigane et peut-être juif mais là on n'en sait rien ! Les dieux sont souvent absents pour nous aider ! Ils nous infligent plutôt des peines nous mettant au ban de la société bien souvent. La société ne nous fait pas de cadeau, c'est pour cela que nous devons nous battre, tu comprends !

Jérémie commençait à comprendre le double visage Janusien de Maïmone : d'un côté sa mélancolie et de l'autre sa rage de se prouver, de perfectionner ses facultés intellectuelles. Mais là s'arrêtait son constat car sa sensation bizarre née en rentrant dans la synagogue persistait encore en parcourant les ruelles du quartier. Shana remarqua bien les interrogations du jeune homme ; ils échangèrent un regard ; il souleva les épaules en signe d'incompréhension. Il avait perdu son sourire. Shana pensa que le retour prochain commençait à rendre son ami morose.

— Tu sais Jérémie, insistait Judith, Maïmone refait les mêmes trajets au cœur de la Juderia, à chaque fois que l'on vient ici, comme s'il venait interroger ses ancêtres.

Jérémie ne répondit pas. Lui aussi interrogeait le silence.

Ils avaient déambulé pendant une heure.

— On s'en va, on ne va pas faire ressortir les morts des vieux murs ! dit enfin Maïmone, au grand soulagement de tous. Allons-nous-en ! Allons goûter au breuvage de Cordoue et mangeons ! Nos sentiments seront bien meilleurs ensuite !

Ils pénétrèrent dans une bodega digne de ce nom : les barriques alignées portaient elles aussi leur identité à fleur de bois, origine, année et même le mélange !

— C'est la mixité des crus qui rend le vin meilleur, c'est comme pour les êtres humains ! Maïmone venait de changer de registre ; il affichait un grand sourire mais ne ratait pas l'occasion d'affirmer ses convictions.

Il fallait s'approcher du bar, déjà bien convoité, pour commander et avoir son verre.

Ils goûtèrent sur conseil de Judith également, deux vins, debout, accoudés à une table haute. Jérémie sentait ses joues devenir chaudes. C'était sans doute normal. Ils dînèrent d'un plat de poissons. Maïmone était à nouveau joyeux. Jérémie et Shana, un peu désinhibés par l'effet de l'alcool se laissaient aller à des jeux sous les jets d'eau des places traversées. Ils étaient bien mouillés lorsqu'ils rentrèrent au logement malgré la chaleur estivale.

Chacun prit une douche pour se laver ou se rafraîchir de la chaude journée et chacun rejoignit sa chambre mais pouvait-on réellement parler de trois chambres ?

# 25

Les lits de Jérémie et de Shana étaient éloignés de plusieurs mètres. La porte fermée, les deux jeunes ressentirent une émotion extraordinaire : ils découvraient la séparation bien futile du rideau plastique.

— Tu dors ?

— Non et toi ?

— J'en ai plein la tête !

— C'est bien d'être là ensemble !

La discussion se figeait dans des mots tellement l'émotion les submergeait. Qui osa sortir de son lit pour s'approcher de l'autre ? Sans doute les deux : ils étaient mains contre mains, de chaque côté du rideau et ils savaient tous les deux que désormais la fièvre les accaparait, les faisait s'émouvoir encore davantage. Ils se rapprochèrent inexorablement vers la bordure. Les yeux de l'autre qu'ils devinaient seulement apparurent plus langoureux que jamais. Ils savaient maintenant qu'ils allaient s'éloigner à tout jamais de leur innocence. Qui enlaça l'autre le premier ? Jérémie, encore sous le charme des vins, serrait Shana de plus en plus fort, lui caressant le haut du dos d'une main et glissant l'autre le long de la hanche. Ce furent tout d'abord des gestes lents. Le tissu du pyjama satiné de Shana devenait de plus en plus doux et la main de Shana lui caressait le cou. Jérémie de plus en en plus épris du désir charnel lui ôta rapidement la mince épaisseur. Les baisers ardents se déchaînaient et bientôt les mains avides de plaisir découvrirent leurs nudités. Ils tremblaient tous les deux de fièvre d'amour et de crainte. C'était la première fois !

Plus tard, bien plus tard après leurs ébats, les deux jeunes amoureux s'endormirent l'un contre l'autre, un drap recouvrant uniquement les mollets et les pieds.

Quand Maïmone frappa à la porte le lendemain matin et ouvrit comme il avait l'habitude de le faire chaque jour pour éveiller sa fille, il ne put retenir un cri ! Et referma la porte ! D'abord silencieux, pendant quelques secondes, il se mit à répéter de plus en plus fort :

— Ce n'est pas possible, ce n'est pas possible, mon dieu, ce n'est pas possible !

Maïmone répétait cela inlassablement, de plus en plus fort !

Les deux jeunes furent réveillés par ces injonctions qui devenaient des lamentations !

Cette fois, Jérémie allait passer un sale quart d'heure ! C'était certain, faire l'amour avec une jeune fille sous le toit des parents en plus, alors qu'on avait bien voulu l'accueillir, c'était de l'abus ! Si Shana était mal à l'aise, Jérémie ne l'était pas moins et pourtant il restait en eux cette envie de se regarder, de se toucher, de s'embrasser. Shana revint vers lui et l'embrassa :

— Ce n'est pas une faute si nous nous aimons !

— Oui, mais…

Il fallait bien sortir de cette chambre et se confronter à la colère de Maïmone.

— Ce n'est pas possible ! Vous l'avez fait et pourtant ce n'est pas possible !

— Mais papa, on n'a rien fait de grave, on se protège tu sais !

— Là n'est pas la question, pas du tout, mais pas du tout !

Survint alors Judith, réveillée par les voix qui s'élevaient dans le studio.

— Mais que se passe-t-il ce matin ? J'aimerais savoir ce qu'il se passe ! Ce n'est pas la fin du monde que je sache !

— Mais enfin, ils ont dormi ensemble cette nuit !

— Cela devait arriver, j'avais bien remarqué quelques gestes qui ne trompent pas !

— Mais alors, tu savais et pourquoi tu n'as rien envisagé pour les en empêcher, tu sais bien que leur relation d'amour est impossible !

Jérémie se disait, que vraiment, à dix-sept ans et demi, on est sérieux, et il faut toujours que les parents s'en mêlent ! Il éprouvait un sentiment de culpabilité et pourtant il aimait Shana, il le savait et bien plus qu'il n'avait aimé Cemile.

— Ce n'est pas de l'amour que vous éprouvez l'un pour l'autre, ça, on le sait plus tard, c'est du désir que vous ressentez, c'est la chair qui parle en vous et vos émois surtout !

— Mais monsieur Maïmone, je ne voulais pas vous décevoir mais …

— Monsieur Maïmone, monsieur Maïmone, en plus ; écoute Jérémie et toi aussi Shana, je vous dis et redis que votre relation n'est pas possible et vous devez stopper votre liaison immédiatement… car …

Il marquait un temps d'arrêt et suspendait ce qu'il avait à exprimer :

— Vous êtes du même sang, voilà tout, ce n'est pas possible !

Dans la tête de Jérémie, ça se mit à tourner lentement puis de plus en plus vite ; c'était insupportable cet étourdissement ! Il en tomba sur le parquet.

Quelques minutes plus tard, il reprenait ses esprits lentement. Oui, c'était bien vrai ce qu'il avait entendu, le même sang, le même sang ?

— Oui Jérémie !

— Mes aïeux, monsieur Maïmone ?

Enfin, je vais savoir, pensa le jeune homme, enfin !

— Tes aïeux, tes aïeux, mais enfin, Jérémie, arrête de m'appeler monsieur, tu ne vois pas que je suis ton père ! Je ne savais ni comment, ni quand te le dire ; crois-moi, c'est difficile pour moi aussi ! Cela fait longtemps que je voulais te voir, parler avec toi, oui mon fils, tu m'as manqué mais là, tu comprends, vos relations !...

La réalité sautait aux yeux des deux jeunes gens ! Frère et sœur, coupables d'un acte incestueux !

Jérémie aurait voulu mettre le pilotage automatique, c'était bien possible pour les avions, mais c'était fini cette fois, les directions à prendre s'affichaient devant lui : en face, c'était son père, mais on ne lui avait jamais rien dit ! Sa mère lui avait caché tout cela pendant des années et maintenant au réveil, après une première nuit d'amour, un père apparaissait ! Shana pleurait en regardant Jérémie avec compassion et colère ; Jérémie se tenait la tête entre les mains et gémissait !

— Mon père là ! Et toi Shana..., et je n'ai même pas à choisir ! Les deux, un amour et un père ! Mais non, c'est exclusif, cette fois ! C'est un amour contre un père ! Il arrive alors que le père raye le chemin de l'amour !

Il pleurait cette fois. Il resta hébété pendant un long moment.

Judith ne disait pas un mot. Elle resta figée un moment aussi. La situation devenait insoutenable. Déjà, Maïmone avait téléphoné à Myriam pour faire connaître la situation ambigüe de leur fils, car c'était bel et bien leur fils. Ils discutaient depuis plusieurs minutes quand Maïmone vint lui tendre le téléphone. Elle demanda à Jérémie et à Shana d'arrêter leur liaison mais elle s'estimait maintenant coupable d'avoir laissé son fils ainsi, disait-elle.

Myriam confirma bien que Maïmone était son père, un garçon très aimable à ses yeux. Ils avaient gardé des liens mais il ne pouvait rester en Syrie après ses études. Il devait quitter le pays et Myriam ne pouvait à cette date quitter le sien.

Myriam vanta les qualités de son ancien ami ; ce n'est pas pour rien qu'il l'accueillait et il avait fallu un relais bien calculé de la part d'Ouri pour envisager l'accueil progressif.

Pour un réveil, c'était un tremblement de terre. Finalement, il serait bien reparti pour la Turquie ce jour-là. Lui qui recherchait de la filiation, voilà qu'il aurait rejeté le père apparu au mauvais moment, il aurait jeté le bac et l'eau du bain pour revenir à son amour !

Les jours qui suivirent ce cataclysme, Shana revint à plusieurs reprises comme une sœur chaleureuse l'encourager à rester, à sourire, à parler avec son père. Tout avait changé en quelques minutes : un père, un amour interdit, une mère qui parlait de sa jeunesse. C'était une tragédie : obéir à son père, remplir son devoir, celui de fils ! Toujours cet éternel conflit entre le devoir et l'amour ! Mais il n'en voulait pas de cette tragédie ! Il voulait vivre !

Trois jours durant, la morosité s'était installée : tous étaient collés dans une drôle de scène comme des mouches prises par la glu ; impossible d'aller de l'avant, impossible de reculer. Tout semblait figé là pour une éternité. Le temps s'alanguissait et pleurait ses secondes malgré les efforts de Maïmone pour parler à Jérémie de ses études en Syrie : la vie, la fac, les langues, le syriaque, l'hébreu, la culture orientale, Myriam, les conflits déjà ! Maïmone essayait de rattraper quelque chose mais c'était presque voué à l'échec. C'était un père qui avait interdit à son fils devenu presque adulte d'aimer, bien avant de lui avoir permis de grandir, permis de jouer, permis de s'aventurer ! La seule aventure d'homme, il venait d'y mettre un frein, un interdit à jamais !

C'est au soir du troisième jour, alors que Myriam annonçait son retour à Grenade pour le début de la semaine que Jérémie entendit parler très fort dans la salle d'enregistrement dont la porte était restée entr'ouverte. Le ton montait depuis près d'une heure. La discussion était vive. Shana n'avait jamais entendu ses parents se disputer ainsi, enfin, elle le pensait ! Il était encore question de Jérémie : le mot « père » ressortait à chaque expression ! Jérémie s'en voulait ! Décidément, il n'est pas facile d'être fils et donc d'avoir un père ! Des parents pouvaient avoir un enfant, en accueillir un « sur le tard » mais cette fois c'était lui, l'enfant, le fils qui imposait bien tardivement la paternité à son père, Maïmone, et en terrain étranger en plus !

La querelle dura plus de deux heures entrecoupées de silences dont on pouvait supposer que la fin déterminait une paix, mais quand retentissaient à nouveau les phrases violentes, alors on savait qu'après l'explosion il faudrait attendre à nouveau une trêve pour espérer une paix plus durable. A un moment, ce fut le calme absolu. Jérémie et Shana attendirent des minutes et des minutes avant de se hasarder devant la porte du studio. Deux corps étaient allongés sur la moquette, les mains de l'un tenant le corps de l'autre, les deux visages joue contre joue, une jambe sur la cuisse de Judith. Shana eut soudain très peur. Elle s'approcha en silence. Ils dormaient paisiblement d'un sommeil sûrement réparateur.

Dans la soirée, Shana n'alla pas à ses répétitions de théâtre. Elle préféra rester auprès des siens. Jérémie lisait et travaillait dans sa chambre. Ils se rendaient visite, s'embrassaient pour se dire bonjour et toujours remontait à la surface de leur peau l'envie de se toucher. La situation devenait cruelle. Shana vint annoncer que ses parents n'étaient toujours pas sortis du studio et elle proposait à Jérémie de venir préparer un gâteau ensemble. Quelle ne fut pas leur surprise quand ils virent arriver Judith et Maïmone main dans la main, et leur demander de venir s'asseoir dans le salon ; ils avaient quelque chose à leur confier, quelque chose de première importance.

Judith commença par leur demander pardon pour les avoir laissés toute l'après-midi seuls alors qu'ils étaient dans le studio ; ils avaient oublié de fermer la porte et ils s'en excusaient.

Judith commença à parler de sa formation, de son parcours universitaire. Jusque là, les deux jeunes ne comprenaient rien à rien mais ils ne se seraient pas aventurés à lui couper la parole.

Elle revint à Maïmone, le louant pour ses nombreuses qualités puis elle prit un ton plus confidentiel et d'une voix basse, elle parla d'un ami de fac et le décrivit comme un beau jeune homme. Celui-ci n'avait pas de travail, la crise était présente et il avait dû quitter l'Espagne pour un pays nordique, la Norvège en particulier. Il avait adressé plusieurs lettres de Bergen, une très jolie ville où il travaillait sur un marché permanent.

Pourquoi parlait-elle d'un émigré ? Shana commença à comprendre quand elle situa l'année.

C'était bien l'automne qui précédait sa naissance.

— Oui, tu vois Shana, tu étais ma fille jusqu'à cette après-midi et Judith m'a tout expliqué ! intervint gentiment Maïmone. Je viens de gagner un fils mais je viens de perdre un peu ma fille ! Cela a été dur pour moi, mais tu resteras plus que tout au monde ma fille chérie, si tu le permets, même si tu n'es pas ma fille biologique !

— Vous comprenez pourquoi je l'ai dit à Maïmone, je n'en dormais plus ! C'était un gros secret à partager et puis vous voir ainsi, ce n'était plus possible !

Un grand silence. Les regards se croisent et se décroisent vite, très vite !

— Cela prend du temps de dire, d'avouer les choses alors que l'on se sent tout à coup prise en étau, en faute et dans l'obligation d'en révéler les secrets. Il fallait du temps, pour moi mais aussi pour toi, je sais que j'ai été violente, dit-elle en regardant Maïmone. Et pour vous, mes deux chéris, maintenant vous comprenez que votre amour n'est pas interdit ! Je le savais bien en vous voyant, on ne caresse pas sa sœur ou son frère comme cela !

Shana et Jérémie, se regardèrent, les yeux brouillés par tant d'émotion, se prirent la main.

— Oui, prenez un moment pour vous ! Et pardon pour tout !

Ils allèrent à l'autre bout de l'appartement dans le studio, laissèrent aussi la porte ouverte et s'embrassèrent bien librement à l'abri des regards. Ils pleuraient tout en se pelotonnant l'un contre l'autre.

## 26

La vie avait repris dans la nouvelle famille, reconstituée si l'on peut dire ainsi les choses. Le fils regardait son père ; plus de monsieur, plus de Maïmone mais un « tu » qui évitait de prononcer le mot « papa ». Pourtant, Jérémie l'avait attendu ce géniteur. Les conversations quotidiennes étaient-elles capables d'effacer les frontières ? Pour cela, il faudrait parcourir les zones inconnues de chacun pour enfin se comprendre. On ne pouvait cependant ni rattraper le temps, ni le condenser, seulement essayer de vivre des expériences communes pour se rapprocher. Shana, la fille observait sa mère qui avait été capable de cacher un secret pendant des années comme celle de Jérémie et même comme Cemile. Décidément les adultes et peut-être surtout les femmes cachaient au fond d'elles des boîtes bien secrètes.

Jérémie attendait sa mère aujourd'hui ; enfin il allait la voir en face : elle connaissait son père, elle savait où il avait habité et jamais, pas une seule fois elle n'avait laissé entrevoir le moindre indice et maintenant elle révélait des qualités sur ce père disparu ! C'était un comble tout de même !

Toute la famille y compris Judith s'apprêtait à accueillir Myriam dans la soirée. Jérémie, ce matin, avait pu vérifier par internet son inscription en école de médecine à Istanbul. Il lui restait finalement quinze jours avant l'expiration de son visa : quinze jours encore à partager le bonheur avec Shana, c'était court et après ? Son téléphone vibra : c'était sa mère ! oui, bientôt dit-elle, j'arrive bientôt mais pas ce soir, mon départ a encore été retardé mais passe-moi Maïmone, s'il te plaît, je n'arrive pas à le joindre sur son téléphone, vite je suis assez pressée. Jérémie, resté à côté, entendit la confirmation du report de son arrivée. Il entendit parler de grosses valises, de son logement à son arrivée et puis du douze juillet et de documents nécessaires avant de partir, il lui en manquait deux. Ah ! fit Maïmone, en grimaçant.

— Des documents ? Le douze juillet ? Elle n'a pas eu tous ses papiers, l'agence a eu le temps de les préparer quand même, osa répliquer Jérémie

— Oui, c'est vrai je n'ai pas bien compris ! Elle devrait arriver dans deux jours ! On devait aller visiter Séville, eh bien, on ira après ! On va l'attendre quand même !

— Ça fait quand même plus de huit jours, quinze même que son départ est reporté !

— Ne te tracasse pas, elle va venir ! Des petits problèmes qui vont se résoudre facilement m'a-t-elle dit et tu connais ta mère comme je la connais, si difficulté il y a, alors elle va la vaincre, tu sais bien, peu de choses lui résistent, même toi, tu te souviens quand tu ne voulais pas apprendre tes langues, tu as vu comment elle t'a fait plier !

Les langues, mais oui, Jérémie s'en souvenait et ... mais, il était aussi au courant, elle lui en parlait alors, il savait tout de lui ! Voilà pourquoi l'accueil s'était facilement fait, par Ouri d'abord et puis chez son père ensuite. Il comprenait maintenant les regards attendris et attentifs de Ouri dans le petit train, le regard observateur de sa mère. Tout était bien préparé à son insu sauf que, eh oui, sauf qu'ils n'avaient pas prévu la relation entre deux jeunes de dix-sept ans, presque dix-huit ! Plongés dans leurs activités respectives, ils vivaient pour Shana et pour Jérémie mais ils avaient oublié que les jeunes eux-mêmes avaient commencé à vivre indépendamment de leurs aînés.

Ils le firent savoir à plusieurs reprises quittant le domicile dans la soirée pour ne revenir que tard dans la nuit. Une volonté d'indépendance, de choisir ! Même après les spectacles de flamenco, Shana entraînait son jeune amoureux dans les rues et les cafés de Grenade.

— Viens, arrête avec ton départ, viens, oublie, oublie, on est ici et maintenant je t'ai dit, et puis j'irai en Turquie, je vais voir avec mes parents pour organiser une tournée, alors ce sera une petite coupure et on va se revoir et toi, …

Elle s'arrêta net. Elle en avait trop dit ou pas assez !

— Et moi ?

— Eh bien oui, enfin, tout est possible quand on est jeune, on a tout l'avenir devant nous et puis arrête de gerber tes plaintes comme ça mon Jimmy, je te connais un peu maintenant, vis, vis, tout peut advenir pour nous ensemble.

— Tu vois, tu n'es pas comme moi ; moi je vais partir et ça ne semble pas te faire souffrir !

— Les départs, cela fait partie intégrante de notre vie, ça peut arriver d'un jour à l'autre alors c'est en nous, on est déjà prêts !

Tous les jours maintenant, Maïmone, Judith et Shana invitaient Jérémie à venir s'entraîner au chant et au rythme. Bien sûr, c'était différent quand Shana lui intimait de venir travailler ; si le rythme lui imposait un travail cardiaque, le contact de Shana lui donnait beaucoup de baume au cœur. Ils ne vivaient vraiment pas de la même manière leur future séparation ; elle lui répondait toujours avec un léger sourire bien énigmatique.

Lors d'une répétition, après quelques échanges avec Shana encore sur son départ, il s'arrêta soudain :

— Bon, bon, répondit-il sur un ton fataliste…, mais finalement, je réalise…, que je suis aussi un gitan, alors, par mon père ! Nous sommes deux gitans toi et moi, et si je veux à mon tour perpétuer cette culture, il faut que je progresse vite ! Tu me prendrais dans tes tournées ?

— Avec plaisir mon Jimmy !

— Tu as remarqué combien ton père et ma mère s'efforcent de te voir intégrer notre groupe, tu ne l'as pas remarqué ! Tu progresses très vite, tu fais très plaisir à mon père, pardon, à ton père, enfin c'est le nôtre ! Ton père, tu as vu comme il est joyeux ces jours-ci !

En effet, il semblait apaisé ; peut-être qu'il avait réussi là où ses parents avaient échoué ! Délivrer un secret et en recevoir un autre, même s'il n'en tirait pas bénéfice !

Jérémie ne suivait plus la conversation, il venait de faire une marche arrière dans le temps :

— Ma mère a parlé du douze mais elle a dit septembre et non juillet, enfin, j'ai bien entendu septembre, j'en suis sûr, elle ne s'est pas trompée et c'est une date importante tu sais en Turquie !

Shana ne comprenait pas ce qu'une date avait à voir avec la danse, la musique, le fait de progresser. Jérémie s'agitait cette fois ; autant la musique le dopait, l'enchantait, le calmait aussi, autant cette date tout à coup revenue en mémoire l'intriguait.

— Le douze juillet, eh bien, c'est demain et elle arrive, c'est tout, ne te fais pas de mauvais sang pour rien ! Tu as trop d'imagination toi !

— Elle a dit juillet mais j'ai bien entendu septembre aussi, ça a un sens ! Ma mère arrive demain, cela doit être sûr mais si elle a ajouté cette date en faisant semblant de se tromper, ma mère, ce n'est pas pour rien, et au vu de la complicité de ton père, pardon, du mien avec ma mère, alors ça veut dire quelque chose d'important ! Attends, le douze septembre mille neuf cent quatre vingt je suis sûr qu'il y a eu un événement en Turquie mais je ne m'en souviens plus. Si on avait internet mais non, toi non plus ; je regarderai demain matin chez toi, avant que ma mère arrive.

Ils ne dormirent pas ensemble ce soir-là ; Jérémie était vraiment inquiet et Shana ne parvenait pas à comprendre cette situation, à ses yeux ridicule ; bref, ce fut la première incompréhension. De leurs lits respectifs, ils se regardèrent, prononcèrent quelques mots et ce fut Shana qui se leva, vint vers lui, le serra fort contre elle et l'embrassa. Il pleurait.

— Mais… ?

— Ce n'est pas à cause de toi, mais je ne sais pas pourquoi je pleure, mais je redoute quelque chose, mais quoi, c'est une prémonition c'est tout !

— Tu vois, lui répondit-elle, en empruntant un ton bien aimable, attendri mais un brin moqueur, tu deviens vraiment gitan, tu vois, être doué de prévoir l'avenir, tu es atteint de la maladie de la divination, tu sais les tireuses de bonne aventure !

— C'est ça, moque-toi de moi et pourtant je pressens quelque chose ! C'est gentil quand même, reviens ! Et il la serra très fort avant qu'elle ne retourne vers son lit.

Le lendemain matin après une bonne grasse matinée, les deux jeunes furent invités à passer une vitesse supérieure pour se laver, se vêtir, déjeuner et partir pour l'aéroport. Même pas le temps de consulter internet ! Et le douze septembre alors ; bon, il aura rêvé ! Rien ne s'était passé ce matin ; rien aux informations ; que des banalités !

A huit heures, ils partirent tous les quatre en voiture pour cent quarante kilomètres. L'avion arrivait à dix heures sur l'aéroport Costa del Sol de Malaga. Il ne fallait pas tarder. Shana commença à chantonner, Maïmone et Judith enchaînèrent. Il ne restait plus à Jérémie qu'à participer au travail des voix.

Il y eut bien des moments de silence et Jérémie tenta à plusieurs reprises d'obtenir une réponse sur le douze septembre. Maïmone faisait cette fois semblant de ne pas entendre et recommençait à chanter.

— Vous, tu, enfin papa, c'est ça, oui papa, peux-tu me prêter ton téléphone que je consulte internet, je suis certain que la date du douze septembre a une importance !

— Elle a dit douze juillet !

— S'il te plaît, ton téléphone !

A regret, visiblement, Maïmone le tendit à son fils qui effectua ses recherches immédiatement.

— Mais, j'en étais sûr, ce jour-là, mais c'est un coup d'état de première importance en Turquie ; écoutez ça ! Ce jour-là, l'armée s'empare du pouvoir ! ...Contre la gauche en général ! ...On était au bord de la guerre civile !... Et le nouveau régime ne deviendra civil qu'en mille neuf cent quatre vingt trois !

Le visage et la lettre de Cemile lui revinrent alors à l'esprit ! « Il se passe quelque chose ! » avait-elle écrit ; ils avaient fui devant le danger ! Quel danger ?

Jérémie n'arrêtait pas de découvrir ce qui s'était passé.

— Ma batterie va être vide, arrête un peu Jérémie s'il te plaît, on en saura plus tout à l'heure par ta mère et puis, elle va vouloir nous appeler, garde un peu de charge !

Cette fois, en rêve, Jérémie se promenait dans les rues d'Istanbul et il constata que depuis quelque temps, il avait oublié les attentats, les offensives contre Daesh, les difficiles relations du pouvoir avec la communauté qui se battait contre l'oppression : il avait même oublié la peur.

Maïmone avait choisi une radio qui faisait entendre des chansons populaires ; pas de quoi réchauffer l'atmosphère du moment.

A l'aéroport, Myriam sortit de la zone internationale. A travers la vitre, Jérémie lui adressa un salut de la main. Elle rayonnait d'un sourire éclatant un peu inhabituel !

— C'est un véritable bonheur de vous voir Myriam, commença Judith avant de l'embrasser.

Myriam vint vers son fils, s'arrêta à deux pas de lui, le regarda intensément :

— Tout cela était nécessaire ! Je te l'avais dit ! Tu as bien grandi ici ; j'ai perdu un adolescent et je retrouve un homme ! Bien accompagné je le vois ! Viens mon fils que je te serre fort ! Et pardon pour tout ! Mais ce n'était pas facile !

— Pourquoi pas avant, pourquoi tu ne m'en as pas parlé avant ? questionna quand même Jérémie droit dans les yeux de sa mère.

— Ce n'était pas possible ! Et il fallait bien tous ces jours passés à Grenade pour comprendre un peu ton histoire, ça ne se fait pas en claquant les doigts !

Elle passa à Shana :

— Alors toi, tu as fait craquer mon fils et tu lui fais découvrir son père par obligation !

Shana eut le temps de sourire mais sa réponse véritable, ce fut un mouvement des deux bras, lui faisant comprendre que c'était ainsi ! Myriam se dirigeait déjà vers Maïmone.

— Prenez deux minutes, on vous attend au tapis de sortie des bagages, intervint Judith en les voyant se rapprocher ! Et vous les tourtereaux, venez ! Laissez les anciens amoureux se retrouver ! Mais juste quelques minutes, je récupère mon bien !

— Assez drôle ta mère et cool ! J'aurais pas pensé ! confia Jérémie à Shana.

Quelques minutes plus tard, Maïmone et Myriam arrivaient près du tapis tournant qui faisait découvrir leurs bagages aux voyageurs.

Une valise. Myriam fit signe d'attendre ! Elle en saisit une seconde puis une troisième ! C'était énorme ! Jérémie questionnait sa mère du regard. Qu'avait-elle donc à transporter alors qu'elle avait déjà laissé sa première valise avant de quitter Grenade pour son rapatriement ?

— T'as apporté quoi ? Trois valises ! Mais c'est un déménagement ma parole !

— C'est ça ! lui répondit-elle en riant !

— Non mais, je n'en crois pas mes yeux et mes oreilles !

Myriam qui l'avait entendu lui répliqua :

— Laisse moi reprendre mes esprits ; on aura toute la journée et puis demain particulièrement pour en parler.

— Maman, qu'est-ce qui se passe en Turquie ? interrogea quand même le jeune homme avide d'en savoir un peu plus sur les non-dits.

— On ne sait pas exactement, mais partout, on perçoit une inquiétude, la police est sur le pied de guerre, les gens sont dans l'expectative et dans le silence ! On ne sait pas mais ceci ne paraît pas très sain !

Judith venait de demander comment s'était passé le voyage. On allait de banalité en banalité, entre le décollage, le voisin de Myriam, le joli nuage en forme de mouton, la chaleur dans l'avion, l'attente pour descendre. Les platitudes les plus stéréotypées remplissaient l'habitacle de la voiture et le temps commun à tous, comme une vacuité nécessaire au refoulement du dialogue devenu indispensable, mais toujours remis à plus tard.

Jérémie tenta encore mais c'était à croire que les voyageurs de cette journée étaient des alliés de l'inconnu qui avaient mis au point des stratégies pour reculer un instant, un moment où tout éclairerait Jérémie sur son passé et sur son avenir. Et Shana était-elle au courant de certaines choses pour, à ce point, ne pas l'aider du tout dans son entreprise de compréhension ?

On dîna encore à la fraîcheur de la soirée chez la gitane et Shana ne put s'empêcher de refaire le geste des billets qui rentraient dans le soutien-gorge. Myriam sourit au geste. Ouri était venu les rejoindre comme aux premières heures de la venue en Andalousie. Il savait tout lui aussi, il était le plus grand complice, à n'en pas douter, d'une histoire familiale ! Derrière son silence et son entregent, il régnait peut-être de manière encore plus affirmée que son frère. Les questions venaient à lui, les regards se tournaient vers lui. Ce soir, quelque chose avait changé : Jérémie écoutait tout ce qui se disait : rien de ce qui se disait ne devait lui être étranger ; il avait fini par être présent dans cette famille reconstituée, alors il serait l'héritier à part entière de l'histoire des membres dispersés au gré des événements. Il venait de recoudre quelques toiles, c'était certain, la preuve c'était sa présence à lui entre père et mère, entre une mère adoptive et une sœur qui ne l'était plus. Restait-il des vieux tissus à raccommoder, à repriser, à retisser tellement l'échancrure était béante ? Il le pressentait.

Une excursion prévue pour demain ? C'est Ouri qui la proposait. Maïmone acquiesça, Judith répondit par un sourire en posant sa main sur l'épaule de Myriam. Les Alpujarras ? Les aiguilles de scie des sierras que l'on voyait illuminées le soir de la place San Miguel ? Mais bien sûr répondirent en chœur les deux jeunes.

— Et ce sera une belle journée ensoleillée ! Le soleil éclaire toujours le monde ! avait soufflé Ouri. En souriant, même les rouflaquettes s'étaient étirées.

Encore une banalité, pensa Jérémie mais pourtant chez Ouri les mots avaient de l'importance ; éclairer oui, c'est cela, on allait encore l'éclairer de choses nouvelles !

# 27

Depuis près d'une heure, la voiture roulait entre des versants ravinés ; les rias étranglées entre les massifs desserraient leurs étreintes de temps à autre et l'eau intrépide venue des sommets perdait de sa vigueur au bénéfice de l'homme : des serres garnissaient les replats ; la verdure s'étirait en bandelettes d'oliviers, d'amandiers et d'autres fruitiers qui couraient vers les sommets des coteaux adjacents : les villages blancs étaient là, témoins de l'histoire. Les ruelles escarpées peu accessibles se dessinaient là aussi. Les cheminées d'argile dépassaient des collines comme des pots perdus, un peu hérissés comme sur les maisons troglodytiques. Ici, les terrasses étaient les toits des étages autrefois, réservés aux animaux ; ainsi, des maisons en colonnes décalées abritaient aujourd'hui de nombreux gîtes.

On arrivait à Yegen : la jota est très gutturale, rude comme l'a été la vie. En passant près de la fontaine, on descendit vers la place du village. Myriam restée silencieuse comme Maïmone et Ouri, montra les rigoles d'irrigation.

— Elles datent de l'époque musulmane, tu vois Jérémie.

— Avec un peu de rénovation quand même, répondit-il

— A peine ! As-tu remarqué le travail en terrasses ?

— Oui

Le dialogue était de plus en plus concis, le mot comme une terre rare, riche mais difficile à exploiter, essentielle pour l'avenir on le percevait bien ; pourtant, tout ce qui était dit semblait serré, étriqué comme un costume qui porte mal tellement le corps qui l'habite est oppressé. Le verbe se figeait dans de l'inconnu et la parole de plus en plus minime fléchissait d'émotion. C'est à cet instant suspendu que Ouri reprit :

— Les terres ont été abandonnées à certaines période récentes mais pendant des décennies les musulmans ont habité ces espaces, ils y ont travaillé pour se nourrir quand ils ont été contraints de fuir devant les Chrétiens ! Ici, c'est une terre d'insoumis et d'insoumises ! Les morisques ont résisté pendant trois ans après leur dernière rébellion, souviens-t-en, je l'avais dit quand vous êtres arrivés ! Ils ont été expulsés en mil cinq cent soixante et onze ; par la suite, cette région fut peuplée par des indésirables chassés par l'inquisition. Les campagnes les plus inaccessibles deviennent toujours des refuges, des havres de subsistance, des espaces de survie.

— Mais pourquoi me raconter cela en particulier, je vois bien maintenant que tu t'adresses à moi ! J'ai à voir avec ces musulmans, c'est ça ! Et pourquoi pas remonter à Mahomet !

— Non ! Jérémie ! On a encore des choses à te montrer !

— Ah ! Jérémie en resta muet.

Ils reprirent la route. La voiture sillonnait maintenant à nouveau sur des voies très tortueuses ; depuis le matin, ils avaient pris la direction de Picena ; ils avaient roulé longtemps ; ils s'étaient arrêtés à plusieurs reprises : Lanjaron, Pampaneira, Bubion, Portugos, Juviles, des noms qui chantaient l'Espagne, qui gravissaient toujours plus les pentes et qui dévoilaient encore et toujours plus de ravins, de zones inaccessibles où des maisons à même le versant fumaient encore pour réchauffer les pièces.

— Ici, les gîtes laissent encore échapper des volutes de l'histoire, celle qui s'envole, qui s'oublie si on n'y prend pas garde, commenta Maïmone à l'ensemble de la troupe, car oui, à cet instant, c'était une troupe, une petite certes, mais un groupe de soldats à la reconquête de la moindre trace, ça se sentait, ça se voyait, les yeux voulaient tout distinguer même l'invisible dans la campagne la plus réelle.

Dans un carrefour, en pleine côte, Maïmone ralentit et gara la voiture. On arrivait à Laroles bien au sud de la Sierra Nevada.

Jérémie, un peu engourdi par ce long périple, marcha en levant les genoux. Les autres se mirent à en faire autant. Même Shana en profita pour accentuer le geste de son ami. C'était une troupe marchant à l'unisson ! Seules les trompettes imaginaires couvraient les sons qui étaient encore à distinguer.

Tout à coup, sur cette place de parking, Jérémie regarda les participants à cette excursion ; c'était une situation nouvelle et bizarre de voir réunis son père, sa mère, l'épouse de son père, son oncle Ouri, car oui, il était devenu aussi son oncle, par enchantement de l'amour d'un jour. Il y avait bien sûr son amie ou presque sa demi-sœur d'un matin ! Un pot pourri ! C'était ça ! Un pot pourri qui s'évertuait à lui parler d'histoire, à lui vanter la beauté des paysages et c'est vrai que les versants offraient des couleurs inédites allant du bleu au rouge sous l'effet des cultures. En face, un café restaurant tout banal ouvrait de temps à autre sa porte battante et laissait passer quelques convives. Ils traversèrent la rue sur invitation de Maïmone. L'auge à l'entrée et les fleurs rouges donnaient un joli air alpestre, presque banal tout de même au relais d'étape.

Quelle ne fut pas la surprise de Jérémie quand il pénétra. La bâtisse était profonde comme on le lui avait dit quelques minutes auparavant. Ils quittèrent la première salle et parvinrent sur une grande terrasse qui surplombait tout un cirque. Au loin, sur des dizaines de kilomètres au moins, la ria élargissait son lit ! De chaque côté, des serres et des jardins occupaient les derniers espaces libres. Les six voyageurs s'étaient maintenant accoudés à une barre en fer forgé face à la vallée, et admiraient le panorama. Ils restèrent là un bon moment. Myriam ne cessait de regarder et refusait encore et encore de venir s'asseoir à table malgré les sollicitations de Maïmone.

— C'est joli maman, mais quand même ! Viens avec nous !

Il s'aperçut à cet instant qu'elle pleurait !

— Il se passe quelque chose à Istanbul et tu ne me l'as pas dit, c'est ça ? C'est grand-père ?

— Mais non ! C'est plus compliqué !

— Ah, non, maman, pas plus compliqué que de m'avoir caché mon père, de ne m'avoir rien dit sur sa vie, et de m'avoir laissé me construire en véritable ignorant de mon histoire !

— Mais justement, elle est ici ton histoire !

— Je ne comprends pas tout, sauf peut-être d'être descendant de musulmans refoulés par des chrétiens, et puis après tout, je m'en balance !

Jamais Myriam n'avait vu son fils aussi véhément, aussi en colère, aussi irrespectueux à son égard. Il marchait de long en large ; lui si calme, si réfléchi, commençait-il à voir quelque chose qu'il n'était pas prêt à admettre !

Cemile avait bien remarqué quelque chose chez le grand-père ; elle le lui avait écrit dans la lettre !

— Viens et assieds-toi ! Et laisse-moi parler tranquillement s'il te plaît !

Shana l'observait ; lui avait-on confié un secret ? Non, elle lui en aurait parlé !

Tout en observant les membres de la famille réunie, les uns après les autres, Jérémie posa les mains sur ses cuisses, regarda la table et commença à lever la tête ; cette fois, il devina qu'à la seconde même, il apprendrait quelque chose qui viendrait bousculer son histoire.

— Ton grand-père...

— Il lui est arrivé quelque chose ? Tu n'as pas...

— Attends et écoute s'il te plaît, oui, cet instant est très important pour toi ! Nous sommes en Espagne aujourd'hui ; hier nous étions en Turquie et bien avant en Syrie. Nous avons parcouru beaucoup de pays avant aujourd'hui, nous nous en sommes bien sortis comme tu l'as constaté. D'autres, avant nous, ont voyagé ; les parents de ton grand-père, ses grands-parents et ainsi de suite... Tu comprends ?

— Euh, enfin depuis un moment nous sommes bien en Turquie !

— Justement, de la Turquie, parlons-en tout de suite ! Des arrestations ont lieu à Istanbul, à Konya, à la limite du Hatay. Je crois que la guerre prend une drôle de tournure chez nous ; les victimes, bien souvent des journalistes deviennent des cibles du gouvernement alors qu'ils dénoncent certaines pratiques, même la collaboration entre Daesh et le gouvernement, tu m'entends ? Certaines personnes partent actuellement se mettre à l'abri !

— Oui, ça je comprends mais ...

— Je t'ai vu plus rapide à comprendre ! ...Ton grand-père arrive demain ici ! Voilà !

— Ici ? Mais il n'a rien fait !

— Ton grand-père soigne des Kurdes régulièrement ; jusqu'ici, tout se déroulait dans la clandestinité et les secrets étaient bien gardés mais il a reçu quelques avertissements et même des menaces !

— Cemile avait raison, alors, elle avait bien vu ! Elle le savait !

Puis après un bref silence :

— Il vient ! Mais pour combien de temps ? Et moi, je dois retourner au pays !

— Ecoute, ton grand-père va devoir rester ici un moment, à espérer déjà qu'il puisse sortir du pays, demain matin ! Et nous, nous allons entamer des démarches ! Oui, pendant que je suis restée en Turquie, j'ai travaillé !

— Travaillé, mais ton dos !

— Je n'avais pas réellement mal au dos, figure-toi !...!

— Comment ! Tu as feint d'avoir mal ! Alors là, maman, là ! Faudra m'expliquer !

— Tu m'interromps tout le temps, je n'arrive pas à t'expliquer ! Tais-toi s'il te plaît et écoute maintenant ce que l'on a à te dire !

— On ?

— Enfin moi, mais tais-toi ! Nous sommes venus de Syrie. Nous y sommes restés des générations mais avant, bien avant, nos ancêtres ont parcouru tout le nord de l'Afrique avant de s'y installer ! Comment dire, nous, ton grand-père et moi, nous avons des ancêtres qui fuient souvent, devant le danger, les persécutions.

— On n'est pas damné quand même !

— Un peu si, ou presque ! Figure-toi que ton grand-père possède un rouleau, tu vois ce que ça veut dire un rouleau ?

— Un rouleau de ... prières ? C'est ça ?

— Non, les Tibétains en ont oui, mais nous, nous avons un rouleau d'écriture !

— D'écriture ?

— Oui, un parchemin, tu comprends ?

— Non, sauf que c'est très ancien ! Il est bien conservé ? Mais comment l'avez-vous obtenu ? C'est très rare !

Un grand silence se fit à la table. Tout le monde regardait Jérémie ; Shana ouvrit de grands yeux !

— On ne voulait pas te le dire quand tu étais enfant !

— Et pourquoi maintenant ?

En effet, même un parchemin malgré ses valeurs historique et financière ne pouvait venir troubler un jeune en pleine affirmation.

— Il y a autre chose que Cemile a bien vu ; elle a su garder le secret comme on lui a demandé !

— Elle m'a confié que je ne savais pas tout de grand-père, mais quoi, vous pouvez me le dire maintenant ?

— Oui, nous conservons à l'abri du regard un candélabre... !

— Un candélabre ?

— Oui,

— Juif ?

— C'est ça !

— Mais alors je suis juif, c'est ça ! Eh bien, ça ne change rien pour moi !...

— Mais si, cela change tout, même si nous ne sommes pas pratiquants ! Jérémie, tu ne comprends pas, tu es descendant de juifs séfarades, de ces juifs qui ont dû quitter l'Andalousie à tout jamais par cette vallée ! Regarde bien, ils sont passés par là, en face, au creux de cette vallée, comme des fuyards, on en a la preuve écrite ! Ton grand-père te montrera les textes !

— Et alors ? Mon copain d'Istanbul était bien juif séfarade ; il faisait ses études comme nous... Enfin, il faisait attention, il disait qu'il se méfiait, qu'il prenait garde à qui se confier !

Myriam avait pensé qu'il serait déstabilisé par l'annonce de cette nouvelle marque d'identité. Il n'en fut rien. Aussi, elle commença à poser un papier puis un autre et encore un autre sur la table.

— Regarde ceci ; ce sont des documents précieux !

— Oui, des documents d'archives ! Et alors !

Comme il est difficile de changer de regard ; tout était là en effet, devant les yeux de Jérémie mais il ne parvenait pas à changer de point de vue ; il était encore turc et ne voyait pas que se planifiait devant lui une possibilité de changer de monde, d'échapper en quelque sorte à un pays qui pouvait le stigmatiser, le poursuivre en raison de l'aide apportée par son grand-père à une fraction rejetée de la population.

— Ces documents, je les ai collectés à l'aide de ton grand-père pendant plus d'un mois. Il nous fallait des témoignages de rabbins, de parents, mais aussi des documents d'archives ; il me fallait trouver des preuves de notre nom d'origine.

— Nos ancêtres ne portaient pas le même nom, mais alors ?

— Tous les noms de familles juives qui ont fui ont été répertoriés par le gouvernement espagnol ! Tes ancêtres s'appelaient Gomez, oui Gomez !

— Mais qu'est-ce que ça change ?

— Eh bien tout, Jérémie, mon cher Jérémie, tout ! Le parlement espagnol a adopté le dix juin deux mille quinze un décret qui autorise les juifs séfarades à demander la nationalité espagnole. Ecoute bien, cinq cents ans après l'expulsion des juifs ! Il est nécessaire d'apporter des documents qui servent de preuves et je les ai. On peut bénéficier de la double nationalité, tu comprends ce que ça veut dire, enfin, si ça se passe mal en Turquie. Mais enfin ! Tu comprends que nous avons à portée de main un passeport Schengen ! Une possibilité de circuler ! D'aller et de venir ! De venir faire tes études ici !

Jérémie resta cette fois un long moment silencieux, regardant alternativement les papiers, sa mère, Shana, l'immense vallée devant laquelle la vérité venait d'accoucher. Son regard se perdit dans la verdure lointaine pendant une longue minute. Rien ne venait le perturber dans cet abandon dans les profondeurs de l'histoire. Pas un bruit si ce n'est la résonnance de la chaleur d'été qui donne naissance à cette vibration particulière qui donne consistance au monde. Finalement, très lentement, il se leva alors de table, s'appuya contre la rambarde de fer forgé qui ouvrait sur le cirque. On le vit soudain essuyer une larme. Shana le rejoignit et vint s'appuyer contre lui. Maintenant, tout changeait aussi entre eux deux ; il pouvait rester, partir d'Espagne et revenir, partir pour la Turquie mais encore revenir en étant espagnol. Son père Maïmone, se leva aussi, s'approcha des deux jeunes et confia alors :

— Il fallait un bon moment pour t'apprendre tout cela ; j'essayais de donner des pistes pour te guider mais tu le découvres à présent, Jérémie, mon cher Jérémie, la vie est un grand voyage ! Tu as plus de clés que je n'en ai eues ; alors il faudra vraiment persévérer pour atteindre le sommet de ta vie ; tout devient possible pour toi ; la vie, la tienne, la vôtre vient à peine de commencer ; vous aurez des échecs mais le principal est de progresser pour atteindre un peu de vertu et savoir pourquoi vous vivez !

Jérémie s'approcha de la table, enlacé par Shana ; il lui retira un bras qui l'enlaçait et vint serrer très fort sa mère.

— Merci, maman, merci, mais tu as encore beaucoup de secrets comme ça, cachés au fond de ton cœur et de tes valises ?

— Beaucoup de fantômes, oui, beaucoup, mais ils pensent à nous sûrement autant que l'on pense à eux !...

— Allez, à table maintenant, mangeons en paix ! intervint Ouri. Et à l'accueil du grand-père, demain ! Trinquons !

Myriam but son champagne espagnol, regarda tout autour et soudain, d'un geste ample, jeta le verre par-dessus la rambarde ! Il irait porter un toast aux fantômes !

# 28

Le lendemain matin, quatorze juillet, le grand-père arrivait lui aussi à Malaga avec trois valises : le candélabre et le rouleau n'avaient pas troublé les policiers aux frontières. Maïmone, Myriam et Jérémie vinrent le chercher. Lui aussi voyait pour la première fois la terre de ses ancêtres ; alors qu'il regardait les collines et les ravins, il ouvrit la vitre :

— Pour sentir le parfum de l'histoire ! J'aimerais humer celui des Alpujarras ! Tu me servirais de guide Jérémie ! Je vois que tu as beaucoup grandi et j'aimerais échanger avec toi.

Le voyage fut un moment de confidences et de rires.

Demain, ils loueraient une voiture et là-haut dans la petite auberge alpestre de Laroles, il lui déchiffrerait l'écriture du parchemin, oui, il le promettait, c'est ça, toute une éducation à compléter maintenant que c'était le retour. Et il ajouta :

— En particulier la langue !

Jérémie ne comprit pas ; l'espagnol ? Il avait réalisé beaucoup de progrès grâce à Shana, il fallait bien le dire ; même s'exprimer sur les sentiments n'était pas un problème, car l'émotion guidait la parole. De quoi s'agissait-il donc ?

Myriam voyait bien l'embarras de son fils ; elle entama alors une conversation avec Maïmone et le grand-père ; oui, c'était de l'espagnol ; enfin, non, presque, se dit Jérémie, ou alors pas du tout ; mais oui, c'était bien ce qu'il avait entendu la première fois chez la gitane, le même accent, les mêmes paroles approximativement, c'était bien ça, quand cela avait glacé tout le monde devant la paëlla. Et quand il n'avait pas compris des phrases quand son père et sa mère parlaient dans la ruelle près de la pâtisserie, oui, près de la Place du Potro, à Cordoue, mais c'était bien ça !

— La langue, celle que vous parlez maintenant et que j'ai déjà entendue n'est-ce pas ! Il n'y a pas de rota, il y a des « ch » et des « j », je les ai entendus

— Oui, Jérémie, ce sera un des derniers secrets, pas le dernier ! On va te l'apprendre ! Enfin, on va pouvoir si tu le veux bien ! C'est le ladino, la langue judéo-espagnole dérivée du castillan et de l'hébreu ; elle est parlée rassure-toi, par les anciens descendants des juifs séfarades expulsés d'Espagne.

Jérémie avait besoin de temps pour entamer sa métamorphose et pourtant il savait intuitivement depuis longtemps qu'il devrait partir de Turquie, partir pour ailleurs sans savoir si ailleurs était loin. Aujourd'hui il était effectivement bien loin du Jérémie d'Istanbul ; il commençait à entrevoir le secret, à le porter, lui aussi pour sa descendance. Avec Shana, ils seraient deux désormais à entamer le rythme de danse ; face au miroir de la salle de répétition, les deux jeunes éprouvés par l'histoire des ancêtres mal-aimés demanderaient à chaque instant comment se dépasser pour atteindre la plénitude, comment savoir encore davantage pour s'épanouir comme avait dit Maïmone, comment faire briller cette flamme, ce candélabre, ce chandelier, la Menorah, à sept branches que venaient de lui offrir sa mère et son grand-père.

Dès le lendemain, la radio diffusait des commentaires sur l'actualité ; un coup d'état avait été déjoué en Turquie ; des arrestations massives faisaient suite aux bruits des balles et au son du canon. On signalait déjà beaucoup de morts et de blessés. Myriam avait encore son parapluie rouge mais, à cet instant tout le monde dans la pièce avait compris que jamais d'autre la Turquie ne serait la même. Ils avaient fui au bon moment. Désormais, ils savaient que leur vie recommençait ici et ce n'était plus du provisoire. Il fallait s'ancrer en espérant qu'il ne faudrait pas fuir à nouveau devant l'islamisme rampant.

Le départ pour les Alpujarras fut reporté ; une réunion plus importante les attendait : le dernier secret, lui avait-on répété. Son grand-père l'invita à les accompagner, lui, Maïmone et Ouri pour une rencontre à la cathédrale de Grenade ; à la grande surprise de Jérémie, ils rencontrèrent l'imam de Cordoue, qu'il avait déjà vu, mais aussi le responsable de l'archidiocèse de Grenade. Il comprit qu'au-delà des apparences et des conflits, des communions pouvaient être possibles dans la simplicité. Il fallait à tout prix remettre au goût du jour la fête, oui la fête des trois cultures ! Ils avaient la conviction que cette fois c'était devenu possible car Hassan avait quitté Grenade pour des combats d'un autre genre, encore plus belliqueux. Un comité venait de naître. Porterait-il sa parole assez loin pour offrir à cette belle Andalousie suffisamment de lumière fraternelle ?

Sinon, qui porterait cette fois la tache de l'échec, la marque de la trahison ? Qui serait le maudit, le nouveau juif errant condamné pour une main poussée comme un Cartaphile ou le cordonnier Ahasverus ? Il fallait l'éviter à tout prix !

C'était une drôle de journée : Turquie ébranlée, pays quitté, camarades regrettés, identité bousculée, adolescence perdue à jamais et difficile mission.

Dans la soirée, Jérémie s'assit un moment, regarda par la fenêtre, contempla encore une fois l'Alhambra sous les rayons du soleil. Shana vint le rejoindre. Il éprouva alors une émotion qui lui venait du plus profond de lui-même, viscérale et ontologique : il était devenu le voyageur de l'histoire, le nouveau passeur de mémoires ; pourtant il aurait encore bien des océans à traverser en luttant contre les vents contraires, il aurait bien des chemins à parcourir en portant sa besace sur des sentiers bien incertains.

**Fin**

Dépôt légal : Août 2017 Achevé
d'imprimer en Août 2017 par
röudenngrafik GUINGAMP 02 96 119 700